CORÍN TELLADO

La amante de mi amigo

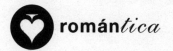

romántica

Título: La amante de mi amigo
© 1984, Corín Tellado
© De esta edición: junio 2006, Punto de Lectura, S.L.
Torrelaguna, 60. 28043 Madrid (España) www.puntodelectura.com

ISBN: 84-663-1519-5
Depósito legal: B-18.610-2006
Impreso en España – Printed in Spain

Diseño de cubierta: Éride
Fotografía de cubierta: © Creatas / Stockphotos
Diseño de colección: Punto de Lectura

Impreso por Litografía Rosés, S.A.

200 / 31

CORÍN TELLADO

La amante de mi amigo

Muy poco segura es la posición de un corazón
al que se quiere retener a la fuerza.

MOLIÈRE

1

—Es una maravilla, chico. Suave, femenina…
Mira, no esperaba que me sucediera una cosa
así, pero aquí la tengo. ¿Qué puedo hacer? Verás.
Hubiera dado algo porque no sucediera, pero, como bien dice el refrán, «el hombre decide, y el
destino dispone». ¿O no es así? Bueno, tampoco
importa demasiado. El caso es que, pese a todo,
estoy encantado. Espero, asimismo, que mi esti-
rado suegro no aparezca más por el despacho. No
soy tan responsable; ¿verdad, Borja? Después de
cinco años de tenerme, como quien dice, atrapa-
do y de criado suyo, va y se larga, según dijo, a
dar la vuelta al mundo. ¡Pues mira qué bien! Pero lo más formidable de todo es la secretaria que
me dejó, a la vez, y después de tanto esperar,
que me dio al fin la dirección de sus laborato-
rios de cosmética. Ya sé, ya sé. Me estás mirando como si fuera un demente quien te estuviera

hablando, pero... ¿tengo yo la culpa de haberme enamorado?

Borja fumaba y escuchaba a Juan Beltrán como si lloviera. Nunca se explicó cómo una persona como Diana Menchado se había casado con él. Pero el caso es que, además de casarse, le había dado dos preciosos hijos. Una situación económica espléndida que Juan Beltrán no esperaba alcanzar jamás, una dirección de empresa, y encima, por lo que estaba sabiendo, una preciosa y joven amante. ¡Casi nada!

Juan, ajeno a lo que pensaba Borja o quizá muy dentro de él, pues para eso eran amigos y se conocían sus mutuas debilidades, de las cuales, bien lo sabía Juan, pecaba más él que Borja, al menos en el sentido negativo, pues sin que Borja fuera un dechado de perfecciones, por lo menos era un tipo honesto y cabal, pensador y poco dado a las frivolidades..., cosa que, dicho sea con sinceridad, él no compartía en modo alguno, pues nació pecador, y pecador y pendón seguiría siendo toda su vida, y, aun de viejo, seguro que engañaría a quien tuviese que engañar, para vivir su pedazo de vida. Y si en el otro mundo había chicas bellas y generosas, él compartiría muy gustoso sus aficiones. Pero, dejando a un lado estas reflexiones y las que pudiera estar haciéndose Borja, Juan añadió, sin importarle demasiado el parecer de su viejo amigo, hallado súbitamente en el aeropuerto londinense:

—Como vamos a viajar juntos a España, ya te seguiré contando. Pero dime, dime —añadió Juan, con su verborrea, sin treguas ni pausas—. ¿Qué diablos haces tú en Londres y embarcando para España?

—Lo que ves. Embarcar, y lamentar tener que soportarte durante el vuelo, aunque éste no sea muy largo.

—No seas cabezota, siempre hemos sido buenos amigos.

—Juan —Borja se ponía aún más serio de lo que era habitualmente—, fuimos compañeros de estudios, y recuerda que cuando tú empezabas a cortejar y terminabas la carrera, yo la empezaba. No tengo la culpa de que fueras a dar al piso donde yo me hospedaba en Madrid con otros compañeros.

—Eres despiadado, Borja. Y te lo digo porque yo te apreciaba; tú estabas como quien dice en pañales, pero recuerda cuando salimos de juerga aquella primera noche de tu vida sexual. Fui yo quien te lió con la chica aquella que te despertó a la virilidad…

Borja sonrió, acomodándose mejor en su asiento del avión. En realidad, siempre estimó a Juan. Sabía que era un botarate, que estaba muy enamorado de su novia Diana, que hacía un matrimonio espléndido y que el futuro suegro le tenía muy a raya… Pero, en el fondo, siempre lo consideró un bocazas, pero un bocazas con buen corazón, generoso y excelente amigo. Las cosas desde entonces habían cambiado mucho. Él se preparaba para entrar en una multinacional inglesa, y Juan Beltrán estaba perfectamente situado, casado, con dos hijos, un suegro «lobo solitario», como él mismo se denominaba, y encima una amante. No se podía pedir más.

Claro que él no envidiaba a Juan Beltrán ni un poco siquiera, pese a la amistad que les unía por haber vivido un tiempo juntos en el mismo piso de estudiantes, y es que él prefería debérselo todo a sí mismo, a su esfuerzo, antes que a un suegro cascarrabias que medía los pasos y las palabras del yerno.

Pero Juan se las apañaba para salir airoso. A la vista estaba que, además de esposa, hijos, suegro y un puesto de aquí te espero, tenía la novedad de una amante, y notaba que de ella y de nadie más deseaba hablarle Juan durante el viaje de retorno a España.

El avión despegó y tomó vuelo. Juan se desabrochó el cinturón, se puso a fumar y continuó con su tema, mientas Borja Urtiaga fumaba flemático y escuchaba paciente las novedades que le contaba su amigo, a quien no veía desde que se casó con Diana, y él, como testigo e invitado, asistió a la boda. Por cierto, una boda espléndida, muy apropiada a la jet, a la cual desde entonces pertenecía el químico convertido en consorte millonario.

—Te decía —le siseaba Juan, mientras el avión parecía ya no moverse, pero sin duda volaba a toda velocidad hacia el aeropuerto de Barajas— que mi suegro al fin cedió su puesto. Me dejó de director; él se reservó la presidencia, pero, como le encanta viajar, se ha ido por unos meses, y, además de dejarme la dirección, como te indicaba, me ha dejado a su secretaria… Una chica de película. Joven, sensible, femenina. ¡Divina!

* * *

La azafata pasó ofreciendo periódicos y refrescos. Juan se apoderó de un periódico, mientras Borja seguía fumando, a la vez que hacía un gesto muy expresivo como indicando que él de periódicos ingleses pasaba muy mucho.

Juan, como siempre, y eso, claro, lo estaba viendo Borja, no pasaba de nada, pues se hacía con el periódico, sonreía cautivador a la azafata y con las mismas dejó el periódico sobre las rodillas y continuó contándole a Borja su vida y milagros.

—Ya sabes cómo soy, Borja. Amo a Diana y adoro a mis hijos, pero… ¿qué puedo hacer si soy tan sensible? La secretaria llevaba dos años con mi suegro, y cuando yo tomé el mando en dirección se me pegó el anhelo… Ya sabes que me enamoro con suma facilidad, y, sin dejar de querer a Diana, pues, oye, me la sé de memoria, y una novedad… Lo peor es que hay ciertas cosas que se empiezan sin querer y terminan siendo muy serias. Yo no he llegado aún a ese extremo, pero… si no me parapeto me vuelvo loco por la linda secretaria.

—¿Y ella? —preguntó Borja, distraído como siempre, pues se diría que su pensamiento se hallaba tan sumamente lejos que nada o poco tenía en común con la pregunta.

—Nos enamoramos de flechazo.

—Bueno, bueno. Tú, menos.

—Oye, te juro que empecé a verla con ojos diferentes. No es una más. Es algo esencial.

—Pero oculto. ¿O no sería que antes de aparecer tú por dirección ella ya tenía relaciones con tu suegro?

—¿Mi suegro? No digas tonterías. Es un señor demasiado serio. Si tiene líos, que todo el derecho del mundo tiene a tenerlos, y valga la redundancia, no es precisamente en su despacho —lanzó un improperio—. Mira, Borja, yo no tenía ni la menor idea de enzarzarme en un lío de semejante envergadura. Todo empezó así, sin que yo me percatara. Y ella, menos aún.

—Juan, sigues siendo tan cándido como siempre.

Juan le miró desconcertado.

—¿Por qué dices eso?

—Pues muy claro. Porque, si tan fácil te fue conectar, imagínate cuánto conectaría ella antes.

Juan bajó los ojos. Borja casi se sobresaltó, porque, al conocer tanto a Juan y sus actuaciones, apreció el rubor de su amigo y su expresión desolada.

—No, Borja; no. Ella era virgen.

Borja no dio un salto en el asiento porque era muy templado, porque estaba habituado a oír todo tipo de cosas raras y porque no era hombre que expresase siempre lo que sentía. Pero sí que se quedó mirando a Juan con expresión interrogante.

—Puedes creértelo o no, pero es así. Además, oye, que yo estoy de vuelta de todo antes de que una mujer joven me tome la delantera, o de seis vueltas de ida y regreso… Era una chica pura, inocente, ingenua. Y sólo se preocupaba de hacer lo que mandaba su jefe, que fue mi suegro, y de estudiar inglés, pues el francés y el alemán ya los sabe. Además te diré, Borja, y esto te indicará muchas cosas, que dinero nada de nada. Me refiero al que ella pueda necesitar para sus trapos. Gana casi tanto como yo. Tú sabes lo que se paga una secretaria de dirección bilingüe… Una fortuna.

No es que Borja Urtiaga se interesara habitualmente por los asuntos ajenos, pero aquello empezaba a interesarle.

Y no por Juan, a quien conocía de sobra y sabía de sus mañas, pero sí por la chica, que cuando Juan la conquistó, por lo visto (y eso lo creía firmemente por la expresión de su amigo) era virgen…

—Me estás diciendo que ella se enamoró.

—Pues… sí.

—Juan, ya te las apañarías tú para enamorarla.

—Me gustó en seguida. No sé cómo explicarte. Enternece, conmueve… Es femenina a rabiar, joven, bonita… Tiene unos ojos de fascinación… Yo no quería enamorarme ni enamorarla. Siempre tengo miedo. Y no por mí, sino por Diana. Yo quiero a Diana. Tú no te has casado, ¿verdad?

—Claro que no. No olvides que me llevas cinco años, que yo ahora he cumplido veinticinco y ando liado porque necesito afianzar el empleo que tengo en la multinacional; de momento el inglés me está dando muchos dolores de cabeza. Y es que, además, tampoco tengo mucho que ofrecer a una mujer. El matrimonio no me seduce demasiado, pues bien dice el refrán que lobo solitario, mejor que acompañado.

—Nunca oí ese refrán, pero no importa. Te decía lo del matrimonio porque, se quiera o no, con el matrimonio se va la pasión. Una pasión que paulatinamente se apaga y se convierte en un cariño entrañable, pero la novedad… suele quedar pronto demasiado lejos. Yo quiero a Diana, y por nada del mundo renuncio a ella, pero el amor… Bueno —parecía cansado y deseoso de que alguien le ayudara a discernir su problema—, yo no sé si es amor, Borja. Es algo que no puedo evitar. Que sin duda evitamos los dos, o lo intentamos, pero no hemos podido. Fue una atracción mutua muy fuerte, muy imparable…

—Y te has liado la manta a la cabeza, y…

—Pues eso. Y para que veas que todo es normal, como si se dijera, jamás intenté regalarle nada, comprar nada. Ella dispone de un apartamento, vive sola, y yo…

—No has tenido que alojarla…

—Lo dices con ironía.

—Juan, que nos conocemos. Tú te aprovechaste de su debilidad, la enamoraste, y ella cayó en el lazo que tú le lanzabas. Pero me pregunto qué le estás prometiendo ahora. ¿O es que ella te acepta tal cual, con esposa e hijos?

—No sabe que quiero a mi mujer. Le he dicho que me casé con ella por interés, que de esa unión nacieron dos hijos y que…

—Ya sé. Que te vas a divorciar.

—Eso sí.

—¿Y te vas a divorciar? Porque, que yo recuerde, tú no te casaste por interés. Resultó que tu novia era superrica, pero si hubiera sido una pobre chica, te hubieras casado igual porque, a ti, cuando te entra, te entra de verdad.

—Pero algo tenía que decir, Borja.

—Y por eso estás en un callejón sin salida.

—No, no tanto. Ella me ama y me lo demuestra cada día. Tú no tienes idea de lo que supone poseer algo así… Me digo mil veces que no, que basta. Pero reincido, y ahora hago mil filigranas para no faltar a mi mujer, a la que sigo queriendo, pero a mi manera, y poder verla a ella a solas.

—Es un buen dilema, Juan. Tendrás que decidirte por una.

Juan de súbito se puso a leer el periódico que tenía sobre las rodillas.

2

Pero pronto lo dejó para suspirar y volverse hacia su amigo, que fumaba como si estuviera solo y miraba en torno con su expresión siempre abstraída.

—Borja, ¿qué ha sido de tu hermano Law?

—¿A qué fin me preguntas eso?

—Es que era un tipo campanudo, listo, formidable, y estaba muy enamorado de aquella inglesa llamada Ingrid.

—Se caso con ella, se divorció, y está colocado de director en la multinacional para lo cual yo trabajo en España y me preparo para saltar a Londres cuando mi inglés sea perfecto.

—¿Dices que se divorció?

—Claro. Ahora vive en régimen de pareja con una chica suiza. No sé si se casarán. Law no tuvo hijos, y, lógicamente, cuando su mujer quiso la libertad, noble y civilizadamente, se la dio. Ella se casó ya con otro, y se fue a vivir a Holanda. Mira, Juan, mi hermano Law tiene mentalidad europea.

Tú, en cambio, eres un español con negocios de cosmética por el Reino Unido, pero tu mentalidad sigue en España. Eres tradicional, aferrado a tus orígenes. ¿Por qué demonios no dejas que la secretaria de dirección se realice de verdad? Ya sabes lo que dice aquel poeta: «La mancha de la mora, otra la quita». Pues despídela o recomiéndala a otra empresa, pero no acabes con su vida, porque tú, Juan, nunca te divorciarás, y mentir es tanto como violar.

—Tú eres un extremista.

—Yo me considero un tipo honrado y jamás engañaré a nadie por acostarme con ella. Quiero decir que no mientas. Que seas franco; dile que jamás te divorciarás de tu mujer Diana, que si te acepta así, bien, y si no te acepta, pues que ella se busque su vida. Si, como dices, era virgen cuando la conociste…, ¿cuánto tiempo llevaba en las oficinas de tu suegro?

—Dos años. Es una cría.

—¿De treinta años?

—¡Qué disparate! De veinte escasos.

Otra vez Borja estuvo por dar el salto, pero se quedó inmóvil, si bien miraba a Juan como si su amigo fuera un monstruo.

—¿Veinte años y la tienes como amante?

—Oye… ella sabe que estoy casado. Me costó conquistarla, pero resultó relativamente fácil, porque… se enamoró de mí. Y además es un amor sincero.

—Y tú le prometiste que te divorciabas.

Juan suspiró, bajando la cabeza.

—Mira, es que ése es el único pecado que cometí. Para mí, ella es lo fresco, lo esencial de momento. Lo más importante. Pero Diana es mi mujer, la madre de mis hijos, y yo la quiero, aunque no la desee como antes. No sé si me explico.

—Te explicas perfectamente. Diana es Diana, y tú jamás renunciarás a ella, pero la engañas. Amas la frescura, la juventud, la novedad... Eres un tipo muy atractivo, Juan —Borja parecía aplastar las palabras con cierta indiferencia, pero, evidentemente, censuraba—. Ya lo eras cuando salíamos todos en grupo a la busca de chicas... Tú te las llevabas de calle, por tu pelo ondulado color castaño, tus ojos azules, tu altura, tu corpulencia. Eras lo que las chicas dicen ahora «un tren». Un hombre que las enamora y las atonta. Y lo lamentable es que nunca entenderás que hay cosas que no se pueden hacer, y es perturbar la vida de una mujer virgen, libre y sincera. Porque, por lo que cuentas, la secretaria gana suficiente y le importa un pito tu poderío, pero se ha enamorado de ti, y el amor, amigo mío, es debilidad, es juventud, es ingenuidad...

—Y es tan fuerte que uno se convierte en payaso sin ese amor y no es capaz de renunciar a él ni por honestidad.

21

Borja lanzó sobre su compañero una mirada guasona.

—Juan, que estás hablando con un amigo, un conocido de años, un tipo que acudió a tu boda, que fue testigo de ella, que admira a Diana…

Juan aplastó las manos sobre el periódico doblado en sus rodillas.

—Mira, Borja, mira. Déjame que me explique mejor. Diana es de mi edad. Nos conocimos, nos enamoramos; el padre apareció llamándome «cazadotes». El acicate de la negación me puso a mí más afanoso de ganar la batalla.

—No me digas ahora que no te casaste enamorado de Diana.

—¡Dios santo! ¿Quién puede negar eso? Pero te repito que a Diana la quiero, que por nada del mundo me voy a divorciar de ella y que estoy acabando con mi vida porque mantener sexualmente contentas a dos mujeres es algo insoportable.

—Tú eres un bestia, Juan. ¿Sabe Diana que tienes ese… digamos entretenimiento?

—¡Cielos, no! Pero es que yo empecé por ese camino, por ese inicio, y ahora… es más serio. Infinitamente más serio. No puedo querer a dos mujeres, ya lo sé, al menos no con la misma potencia amorosa, pero no soy capaz de prescindir de ninguna de las dos.

—Dime, dime, ¿qué dice tu amiguita de ti, de ese hipotético divorcio que le has prometido?

—Nada. ¿Qué va a decir, si sabe que todo llegará en su momento?

—Pero eso lo piensa ella, no tú, por que tú jamás te divorciarás de Diana y estás engañando a tu amante.

—Eso es cierto. Por eso te lo cuento, Borja. Si todo fuera tan sencillo, no te lo contaba. ¿Para qué? Un asuntillo de faldas lo tiene un hombre que se precie y nadie se rasga las vestiduras. Pero este asunto mío con mi secretaria es muy gordo.

—Y si se entera Diana, te lo fastidia y deja a la chica en la calle.

La azafata anunciaba el aterrizaje en Barajas y pedía que enderezaran los asientos y se abrocharan los cinturones.

Juan, obedeciendo, rezongó:

—Pues es verdad que este vuelo es corto. ¿De verdad pasaron dos horas?

—Algo menos. Pero, evidentemente, ya veo las nieblas de Madrid, que serán sol esplendoroso dentro de unos minutos.

El avión descendía. Se veía un Madrid envuelto en nieblas que solían despejar la fuerza del sol, que aparecería barriendo la polución sobre las once.

—A todo lo que te conté, no me has dado respuesta, Borja.

—Mira, Juan, lo mejor que debes hacer es cortar, ser franco y decirle a tu amiguita que no te vas a divorciar, y que ella, a la edad que tiene, tiene también todo el derecho del mundo a ser feliz.

—Eso es muy fácil aconsejarlo, Borja.

—Pues es cosa tuya. Yo no querría tener en mi conciencia el futuro de una mujer honrada, si es que tú me dices que lo es.

—Por supuesto que sí que lo es. Yo aparecí perturbando su vida tranquila. Sé que no tengo derecho, pero ¿quién es capaz de renunciar a algo tan bello?

—Un hombre honrado.

—¡Cuernos, Borja, que yo soy honrado y no tengo la culpa de querer a mi mujer y amar como un loco a mi secretaria!

El avión tomó tierra; poco a poco se iba deteniendo.

—Te llevo, Borja. He dejado el automóvil en Barajas. De paso para mi casa…

—No. También yo tengo el mío. Viajé anteayer por la noche. Y te diré que prefiero hacer algunas cosas antes de retornar a mi apartamento. Vivo solo y trabajo muchas horas, encima estudio inglés en una academia, porque no soporto pensar que un día me veré en la central en Londres hablando un inglés absurdo.

—¿No vamos a volver a vernos, Borja?

El aludido descendía con su portafolios de piel y poniéndose la chaqueta de alpaca.

—Sé dónde tienes tu oficina, Juan. Si me apetece ya iré a verte. Pero no te olvides de que tú estás en la cumbre y yo aún sigo iniciando el sendero hacia ella.

—Vales mucho, Borja.

Ambos subían al bus que los llevaba al centro del aeropuerto.

—El que valga no quiere decir nada. Soy un químico, y trabajo en una sociedad importante de investigación científica, pero eso no indica, ni mucho menos, que haya llegado adonde me propongo llegar, que es la meta de mis aspiraciones: ejecutivo importante en la multinacional.

—Tu hermano es director de la misma.

Borja, que ya salía a la búsqueda de su automóvil, se detuvo un segundo.

—No quiero llegar —dijo con firmeza— ni por amigos, ni por influencias, ni mucho menos por imposiciones familiares. Si llego será únicamente por mis méritos.

* * *

—Aguarda, Borja. Por favor… A veces te pasas sin amigos con quienes hablar años y años, y de súbito ves a uno que es de verdad un tipo honrado, como tú, y necesitas contarle tus cosas…

Borja abrió su automóvil y metió en él el portafolios.

—Si quieres, nos vemos en cualquier otro momento, Juan. Pero ahora…

—Pues llévame.

—¿Y tu auto?

—Ya mandaré a buscarlo. Pero realmente en este instante necesito comunicarme. No me siento contento, ni me gusto. No sé cómo explicarte…

—Sube al vehículo. Y, si te apetece, seguimos con tu asunto, aunque a mí me parece que ya lo tenías que tener superado, escapado y decidido.

Juan se acomodó a su lado. Borja, resignadamente, empuñó el volante, soltó los frenos y puso el vehículo en marcha.

—Noto que estás muy inquieto, Juan. Sé sincero, ¡caramba! ¿Sabe Diana lo de tus amores ocultos?

Juan dio un salto.

—Claro que no. Ella vive su vida, y frecuentemente conmigo, pero, si yo no estoy, Diana tiene sus amigas… Le gusta la vida social. Tú sabes que yo detesto eso. Yo soy deportista; ella no lo es. Yo prefiero la vida sencilla; ella está habituada a otra. No tenemos grandes puntos de afinidad, pero nos queremos y respetamos… No sé cómo explicarte esto, Borja. Diana es una mujer, a su manera, muy sociable, muy metida en fiestas y reuniones. Yo la acompaño siempre, y ella presume de marido guapo.

Borja alzó una mano y la agitó en el aire.

—No me vengas ahora diciendo que Diana no te ama.

—¡Oh, sí, sí! ¡Claro que sí! Pero nuestros gustos no coinciden. Yo prefiero el campo. Cuando puedo me voy a la sierra, pero ella lo detesta; adora el asfalto… Yo me voy con los niños los domingos, y ella se mete en un club con sus amigas… Y si hay un estreno, una fiesta social, una reunión en una discoteca, un desfile de modelos… pues no falta, y yo tengo que acompañarla.

—Y tú detestas las fiestas, la sociedad, los desfiles de modelos, los conciertos…

—Prefiero quedarme con…

—No me lo digas, Juan. Me das grima.

—Es que mi princesa prefiere el campo, el deporte. Detesta las fiestas sociales… Coincidimos en todo.

—Un consejo, Juan. ¿Es eso lo que me estás pidiendo?

—No lo sé.

—Pues a mí no me gusta dar consejos que no me piden.

—Dámelo, sí, sí. Pienso que es lo que deseo pedirte. Tienes cinco años menos que yo, pero eres un tipo muy sesudo, muy pensador. Ya lo eras cuando tenías veinte años y empezabas tu carrera. Yo ya tenía veinticinco, y me casé…

—Y desde entonces no hemos vuelto a vernos, Juan. ¿Es que no tienes otros amigos mejores que yo?

—Verás, no. No, porque cada cual tiene sus trapos sucios y los oculta. Yo sé que tú llevas la cara al descubierto, que no tienes careta de nada y, lógicamente, prefiero el consejo de una persona como tú al de un amigo que hace lo mismo que yo.

—Y que sabes que no está bien.

—Pues sí, eso.

—Deja a tu secretaria. Sé franco con ella. Dile que no espere por ti, o que te acepte tal cual eres. Si está dispuesta a aceptarte, lo hará. Pero no olvides que hubo mujeres, secretarias de sus jefes, que se pasaron la vida ocultas, esperando, amando, entregando lo mejor de su juventud, y que al final se quedaron solas. Y no hay derecho a que tú hagas lo que hicieron muchos otros.

—Es cierto.

—Pues, si lo sabes y lo admites, diles la verdad. No te vas a pasar la vida engañando y manipulando a dos mujeres que te quieren, de distinto modo, sin duda, pero te quieren, al fin y al cabo. Tú no eres un cerdo, Juan. Eres un tipo honesto, pese a tus fáciles conquistas. Si esa secretaria, después de saber lo que tú harás en el futuro, te dice que no puede renunciar a ti, en ti queda ahogarte o entregarte. Pero ya no serás responsable del futuro frustrado de una mujer que, por lo que veo, amas demasiado.

—Gracias, Borja. Pero si le digo que no me voy a divorciar de mi mujer, me aterra poder perderla. Tú no tienes idea de cómo es. Toda sensibilidad, toda delicadeza. No es la burda amante de un rico. Un día, no hace mucho, viajé, como tantas veces. Y mira tú por dónde… se me ocurrió traerle una sortija. No la quiso. Dijo que la ofendía. Que le lastimaría el dedo y todos y cada uno de sus sentimientos. Es preciosa, Borja —y la voz de Juan se enronquecía—. ¡Preciosa!

—Juan, Juan, no te emociones, que ante mí no te servirá de nada. Diana es preciosa y tú te casaste locamente enamorado. Ni tu suegro, con sus desprecios, consiguió jamás frenarte. Y Diana te correspondía…

—Sí, sí. Y ahora me sigue correspondiendo, pero compartimos pocas cosas. Fui un becario que estudió gracias a su tesón, a su infinito deseo de prosperar, al amor que le tuve a Diana… Ella fue siempre la niña rica, hija única, mimada, deseada por sus pretendientes. Yo la quiero, sí, pero ella sigue siendo quien era, y yo no he perdido mi humildad. No sé cómo decirte…

—Si te entiendo… pero nada de cuanto añadas me obligará a darte un consejo diferente. Te doy el que me dicta mi conciencia. Y más aún si me dices que es pura, noble, honesta y desinteresada, y encima añades que es preciosa.

—Yo la llamo princesa.

—Juan, ya entramos en Madrid. Tengo mucho que hacer. No sé si lamentar el haberte encontrado en el aeropuerto de Londres. De todos modos, ya dije lo que tenía que decir y te aseguro que no es demagogia. Sé franco, y si tu princesa te sigue queriendo casado y amando a tu mujer, pero también amándola a ella… pues entonces tú ya no tendrás responsabilidad alguna.

—¿Y si la pierdo…?

—¿Es que pretendes retenerla con una promesa que nunca cumplirás?

Borja detuvo el auto ante la casa que ocupaba Juan con su mujer y sus hijos en la preciosa avenida de Rosales.

—Desciende, Juan. Otro día, cuando nos volvamos a encontrar, ya me dirás qué has decidido. Dada mi integridad personal, no puedo darte otro consejo sobre el particular.

3

Juan no descendía.

Borja, impaciente, le gritó:

—¿Qué haces? Baja de una vez. Tengo que ir a la oficina, y después a almorzar con un ejecutivo para el cual traigo un montón de asuntos que resolver en Madrid. Después quiero ir a mi casa.

—¿Dónde vives?

—En la avenida de Islas Filipinas. Tengo un apartamento pequeño. Lo suficiente. Alcoba, baño, cocina, salón y despacho. Me es más que suficiente.

—No tienes amante —le dijo Juan, desangelado, sin preguntar.

—Pues claro que no.

—Ni novia.

—¡¡No!! El día que tenga novia será para casarme o para vivir con ella en régimen de pareja sentimental. No va a darme dolores de cabeza el matrimonio, Juan. De momento no pienso casarme, pero tampoco renuncio al amor. A la lealtad. Pero jamás engañaré a una mujer, ni la violaré, ni la conquistaré con mentiras estúpidas.

—O sea, que, para ti, soy como un monstruo.

—No, si tu princesa está de acuerdo contigo y sigue siendo tu amante, aun sabiendo que nunca te vas a divorciar de tu mujer.

—Eso es duro.

—Ella tendrá que decirlo, Juan. No tú. Tú apechugas con todo. Con esposa, con hijos, y, por supuesto, con amante.

—No es amante, Borja.

—¿No? —Borja reía burlón—. ¿Entonces cómo la llamas?

—Amor.

—Pero también amas a tu mujer.

—Son dos amores diferentes.

—Pero te acuestas con ambos.

—Pues...

—¿O tu amor por tu princesa es sólo platónico?

—Ya veo que te estás burlando de mí sin piedad.

—Yo nunca tengo piedad con los embusteros y embaucadores. ¿Sabes, Juan? ¡Y qué te voy a decir de mí que no sepas! Jamás podría ser un violador ni un convencedor de nada. Me basta un no. Pero también, de igual modo, me basta un sí.

—Nunca te entendí muy bien, Borja.

—Lo comprendo.

—¿Me consideras tonto?

—Te considero impresionable, sentimental, y, además, ingenuo. Y sobre todo, Juan, vulnerable a las atracciones femeninas. No me siento capaz ni preparado para compartir tus inclinaciones. Sin embargo, creo comprenderlas. De todos modos, mejor que desciendas, subas a tu casa, te des una ducha y converses con tu mujer.

Juan le miraba espantado.

—¿De mis relaciones… extramatrimoniales?

—No —rió Borja—. Eso sería decirle adiós a tu matrimonio, y tú eso no lo deseas. De tu afán por estar a su lado. Del deseo que tienes de compartirlo todo con ella. Y luego, cuando te hayas entendido bien con Diana, te entrevistas en el despacho, o donde sea, con la princesa y le dices la pura verdad. Que estás casado ya lo sabe; por lo tanto, eso no la va a asombrar. Pero lo que ignora, y estás obligado a hacerle saber, es que no habrá divorcio.

—Y tendré que decirle adiós.

—Según, Juan; según. Hay mujeres tan sentimentales y tan tontas que lo aguantan todo con tal de no perder al ser que aman. Si has sido el primer hombre en su vida, no me gustaría estar en el pellejo de tu princesa, porque amar no se ama con facilidad, pero olvidar me parece que es muy duro...

—¿Y si la pierdo? —se debilitaba Juan, convertido en lo que era, un pobre diablo atractivo y buena persona, que no tenía la culpa de haberse enamorado por segunda vez, y quizá con más fuerza que la primera.

—Pues te aguantas y la trasladas a otra oficina, que en Madrid tenéis varias, además de la central que tú ocupas. ¿Y por qué no la mandas a tus sucursales de Londres? Mejor para ti, que bien dice el refrán que lejos de vista, lejos de corazón y de pensamiento.

—Sí, sí...

Juan descendió. Pero Borja ya sabía que Juan no podría ser jamás sincero con su princesa. Y no lo sería porque, al conocerle tanto, Borja pensaba, y pensaba bien, que Juan lo expondría todo antes de perder a la mujer que amaba con un amor fresco y renovado, pero no por eso dejaba de querer a su mujer.

Líos terribles en los cuales Borja, por su carácter reposado, tranquilo y equilibrado, no entraba jamás. Por otra parte, esperaba que todo aquello que sabía de Juan se muriera aquel mismo día, pues su empresa de investigación nada o poco tenía que ver con la empresa de cosmética de su amigo. Además de eso, sus vidas eran, como si se dijera, opuestas. Juan era un tipo que salía en las revistas «del hígado» (un decir, porque todo el mundo las denomina «del corazón»), frecuentaba la jet set, y él, en sentido muy diferente, perfeccionaba su inglés en una academia dirigida por profesores nativos, trabajaba en la oficina de la multinacional ubicada en España, y vivía en un apartamento de la avenida de Islas Filipinas que nada tenía que ver con una planta entera de quinientos metros cuadrados en un edificio de Rosales.

Todo eso, y más, sosegadamente, iba pensando Borja mientras conducía hacia su oficina, donde tenía prevista una cita con un ejecutivo. Después pasaría por su apartamento, se daría una ducha, se pondría ropa limpia y se iría a almorzar a cualquier sitio para acudir, como cada día, a la academia de inglés, donde perfeccionaba su acento desgajado, que nada tenía que ver con el inglés auténtico.

Su vida estaba proyectada hacia el Reino Unido. Sabía que, pasados dos años o menos, sería, junto a su hermano mayor Law, un ejecutivo de importancia en la empresa de investigación dedicada a la energía nuclear.

La cita en cuestión la tuvo en la oficina central en Madrid, ubicada en la calle de Alcalá. Después se fue a su casa.

Se dio una ducha y no volvió a pensar en Juan. Pero sí pensó, mientras almorzaba solo en un restaurante discreto, que a su amigo le sobraban demasiadas cosas y le faltaban unas cuantas. Tenía demasiado ocio, y por tener tanto no sabía ya con qué quedarse.

* * *

Su clase la tenía en la calle de Mozambique, estaba en una academia regentada por nativos. Allí entrabas y te olvidabas del español en la puerta. Sólo hablaban inglés, mejor o peor, pero ni una palabra de español.

Era de siete a ocho. Por lo regular tenía allí muchos conocidos; incluso algunos amigos.

Nada más llegar vio a Érika, que entraba apresurada, como si llegara tarde. Y, realmente, llegaban los dos cinco minutos después de lo habitual.

—Hola, Érika —saludó en inglés.

La chica se volvió y le saludó del mismo modo y en el mismo idioma.

Pero, en vez de avanzar, se replegó.

—No te he visto en dos días. Pensé que lo dabas todo ya por aprendido.

—Hum... Me falta por lo menos un año. Estuve en Londres. Cuando estás aquí piensas que lo hablas y pronuncias mejor que nadie, pero cuando te ves en Londres te percatas de que pareces una rana... Emites gritos guturales, pero maldito si se asemejan al acento inglés. ¿Qué tal? —la asió por el codo—. ¿Cómo anda lo tuyo?

—Regular.

—¿Merendamos juntos? —y como veía su rostro, tan expresivo, sorprendido, Borja añadió, sonriente—: Una merienda-cena, mujer.

—No puedo.

—¿Sigues aún con el asunto que tanto te inquieta?

—Sí...

Borja la miró largamente. No la amaba, claro. Pero era una preciosidad de chica. Joven, femenina, exquisita, vistiendo muy moderna, pero con un toque siempre clásico... que te proporcionaba un aire fresco y, sobre todo, etéreo, como muy exquisito.

Era rubia, frágil, pero alta y esbelta, y tenía los ojos verdes más maravillosos que él había conocido. Eran amigos. Desde un año para acá estudiaban inglés y se sentaban ante la misma mesa.

La consideraba su amiga entrañable, porque en doce meses había sabido muchas cosas de ella: que era hija de un médico rural, que el padre se había casado de nuevo, que éste tenía dos hijos gemelos de la segunda esposa, que los chicos contaban catorce años, y que ella prefirió dejar provincias y

colocarse en Madrid. Llevaba más de dos años trabajando como secretaria y tenía un lío amoroso
que nunca contaba con claridad.

Borja siempre pensaba que, de ser él un hombre dispuesto a enamorarse y a casarse, Érika sería la mujer elegida. Pero lejos estaba aún su afán
de formalizar nada, y además sabía que ella estaba muy enamorada.

Sentados uno junto al otro atendían a las clases. Eran de mayores. Gentes responsables que
aprendían inglés desde el principio o, como ellos,
que sabían pero que tenían un acento español de
pena.

—De modo —le decía él en voz baja— que
no puedes hacer conmigo una merienda-cena.

—Imposible.

—Sigues liada.

—Pues sí.

—¿No cortarás nunca todo eso que tanto te
desespera?

—Si pudiese… Pero… no es posible…

Borja añadió, quedamente:

—Eres demasiado joven para complicarte la
vida.

—¿Y qué puedo hacer?

—Cortar, mujer. Cortar. Un amor no lo es
todo en la vida. Durante esta vida —seguía
hablando en inglés, pero en voz baja— se sienten

dos, tres, media docena… Recuerda que eso te lo advertí cuando empezaste a contarme tus cosas… Y cuando estabas a tiempo de frenar tus sentimientos.

—Estaban ya demasiado arraigados.

—¿No temes que un día tu padre venga por Madrid, te visite y te encuentre con un tipo que ni es tu novio ni tu marido?

—Papá tiene suficiente con su vida actual. Quería a mamá, pero ella falleció cuando yo tenía diez años… Y, lógicamente, se volvió a casar. No pienses que tengo nada en contra de la mujer de mi padre. No, no. Es una persona buena, pero simple, con la cual no tengo nada de qué hablar. Es terrible eso, pero es así. El mismo papá se entorpeció un tanto. Es médico rural. Cuando surge una enfermedad en un cliente, hace lo que todo médico rural, envía al enfermo a una residencia sanitaria lo más cercana posible. Aspirinas, supositorios. La rutina, Borja, la rutina.

—Y tú sola en Madrid.

—Tampoco me come nadie. Hice el C.O.U. aquí y terminé secretariado. Ahora ando liada con los idiomas. Pero el francés lo domino bien, pues estudié dos años en Burdeos. Y el alemán también, porque me pasé en Berlín otros dos años seguidos. Yo lo que deseo es continuar.

—Y perdiendo tu vida con ese amor imposible.

—Son cosas que suceden. Pero en la situación actual, tampoco es tan imposible. Él se divorcia. A mí me duele, porque, teniendo hijos… Pero cada cual debe procurar conseguir la estabilidad en su vida. Si la esposa no supo retenerlo…

—¿Estás citada con él?

—Sí. Estuvo de viaje. Ha llegado hoy. Me llamó a la oficina. Aún no le he visto. Lo veré en mi apartamento.

Borja se alzó de hombros.

—Lo siento por ti, Érika. Eres muy joven para vivir algo que no corresponde a tu edad, y más no buscando satisfacción material alguna. Tú ganas más que suficiente para ti.

Érika le miró con sus enormes ojos verdes.

—Mira, Borja, ya te lo dije en todos los tonos: le amo. ¿Qué culpa tengo yo? Llevo más de dos años de secretaria. Hasta que él llegó, yo vivía feliz… Muy feliz. Ganaba para vivir, tenía un apartamento pequeño, pero de mi propiedad y puesto a mi gusto. Un auto que llevo y lleva de aquí para allá. Amigos, pocos. No me gustan las amistades que desconozco. Tú, porque te llevo viendo en el mismo sitio cada día, durante más de un año. Todo lo demás me era indiferente. Pero yo no pensé de mí que fuese tan ingenua y que me pudiera enamorar así. Es un tipo estupendo, te lo aseguro. Y me quiere de verdad. Pero dejemos eso. Ya no tiene remedio.

—Es decir, que tú supones que él se divorciará de su mujer.

—Eso prometió. Pero no creas, también a mí me duele que deshaga su matrimonio.

—Es tu primer amor —siseó Borja, enternecido.

—Pues sí.

—Y con un hombre casado. Érika, amiga mía, ¿no quieres un consejo?

—¿Servirá de algo?

—No mucho, no creas. En el viaje de retorno a España me topé con un amigo que tiene un problema parecido al tuyo. Y le di mi consejo.

—¿Y le sirvió de algo, Borja?

El aludido meneó la cabeza.

—Pienso que no. Hay cosas que no arreglan los consejos. Suceden, se afianzan, y cada cual hace aquello a lo que el sentimiento le obligue. No es un apretón de manos ni un saludo intrascendente. Es algo mucho más arraigado. Y no pienses que en este asunto me olvido de tu condición humana dando al hombre, mi amigo concretamente, un consejo que no serviría para ti. Para mí hay seres humanos, y me importa un rábano que sea hombre o mujer. Para mí son todos iguales, sin diferencia de sexo. Le dije que fuese sincero, pero me temo que no lo podrá ser, porque está demasiado enamorado. Cosas que, como la tuya, empiezan de broma y se convierten en problemas muy serios.

—Lo mío, a diferencia de lo de tu amigo, fue serio desde el principio.

La clase tocaba a su fin. Y como tantas veces que la compartían, ellos no se enteraban de nada, salvo que conversaban en inglés mutuamente, pero el acento español seguía imperando en ambos, precisamente por las largas conversaciones íntimas que tenían durante las clases.

—Te tengo que dejar, Borja.

—¿Has traído coche? Te puedo llevar en el mío.

—No, no. Me esperan en mi apartamento. Gracias por todo, y ya me darás un consejo más profundo cualquier otro día, pero me temo que será igual, que yo seguiré mi camino como si mi destino fuese inexorable…

4

Borja Urtiaga no se aburría nunca. Solía pasear solo, buscarse compañía si le apetecía, comer en un buen restaurante o bien quedarse en su apartamento, escuchar música clásica y quedarse adormecido tendido en un diván pensando a ratos que la vida era una enorme placidez o una pesadez inaguantable.

Él no era fatalista. Aceptaba las cosas como le llegaban, no renegaba de ellas, porque se hallaba preparado para asumirlas y vivirlas. Y, por supuesto, hallándose a solas consigo mismo, lo que menos pensaba era en sus conocidos, amigos (tenía pocos) o compañeros ocasionales.

Aquella noche, Borja deseaba salir. La noche era plácida, y si bien su apartamento tenía aire acondicionado, no lo había puesto en funcionamiento, por lo que hacia las diez decidió ir a comer a alguna parte; solo, como era habitual.

Tenía el auto aparcado en la calle, ante su propio domicilio o más bien ante el edificio donde tenía su hogar, y como pensaba guardarlo en el aparcamiento próximo, decidió, antes de hacerlo, dar un paseo por Madrid. Un Madrid que en época veraniega quedaba casi solitario.

Al volante de su automóvil pensó de súbito comer en alguna parte y como el vehículo rodaba se vio entrando por la calle de Sor Ángela de la Cruz y vio el Vips donde, a veces, en cualquier otra ocasión, solía cenar, tomarse un café y fumar un cigarrillo antes de retirarse.

Nada más entrar, se quedó como confuso.

El Vips se hallaba atestado. Borja buscó una mesa libre levantando un poco la cabeza y fue cuando sus ojos tropezaron con algo que le dejó denso, paralizado.

¿No era Diana Menchado? Pues sí lo era. Evidentemente tan elegante como siempre, sonriente, distinguida… morena, bien vestida… Pero no estaba sola. A su lado, inclinado sobre la mesa y hablando en voz baja, había un hombre, para Borja desconocido. No era Juan Beltrán, su marido; eso estaba claro.

A Borja no se le fue el apetito, pues él no se inmutaba por poca cosa, pero sí que decidió que no comería allí. Seguidamente, giró en redondo y volvió a sentarse ante el volante de su auto. Pensó por un segundo que Diana, a fin de cuentas, si es que tenía un amigo especial, no hacía otra cosa que corresponder al olvido de su esposo, pero… ¿conocía Diana el asunto extramatrimonial de su marido?

Iba pensando en aquel problema, que a fin de cuentas no era suyo, pero tampoco le era tan ajeno.

De no haberse topado en el aeropuerto de Londres con Juan y no haberle contado éste todo el lío sentimental en que estaba metido, ni se hubiese dado cuenta al fijarse en Diana. Pero el caso es que, quisiera o no, a ratos recordaba todo aquello, y ver a Diana con otro hombre le causó curiosidad o, más bien, desconcierto.

Él recordaba a Diana gentil, muy bonita, educada esmeradamente, enamorada profundamente de Juan, el pobre químico a quien Gregorio Menchado consideraba un cazadotes y que su hija amaba, pese a todo lo que dijera su padre en descalabro de su futuro yerno.

Borja detuvo el auto ante una hamburguesería y entró a tomarse una hamburguesa con mostaza y una caña de cerveza.

No es que se le hubiese ido el apetito, pero él prefería marginar y alejar los problemas, y si sus amigos los tenían, que los solventaran ellos solos. Mas, evidentemente, le causaba un asombro tremendo que un día Diana dejara sus círculos sociales, y más encontrarla en un Vips tan frecuentado, y por personas de todas clases. Bueno, el ambiente no era precisamente el que por costumbre frecuentaría Diana, ya que él sabía que sus hábitos eran muy diferentes. Y no por tener trato con ella ni con Juan, sino porque el mismo Juan se lo había dicho aquella mañana.

Olvidó el asunto nada más llenar el estómago y se fue a un cinematógrafo. Después, pasada la medianoche, retornó a su casa.

Tenía mucho que hacer al día siguiente. El asunto de Juan no iba a ocupar su mente.

Durmió perfectamente. Por la mañana se personó en la oficina como cada día y trabajó como de costumbre. No salió a almorzar, porque, dado el mucho trabajo, le sirvieron una comida fría en el despacho. Discutió con los ejecutivos ingleses y se esforzó por pronunciar el inglés como ellos, pero aún le faltaba mucho.

Law se lo decía: «Déjate de aprender más. El acento se pilla con el trato. Vente para acá y subirás rápido».

No. No era su estilo ascender a costa de su hermano. Law y él se criaron solos desde adolescentes. Y menos mal que el seguro de su padre dio para su educación. Law le llevaba diez años justos. Él costó la vida de su madre al nacer. Su padre perdió la suya catorce años después.

Es decir, que cuando él tenía catorce su hermano tenía diez más; se ayudaron mutuamente. Law consiguió un puesto en una multinacional inglesa y se fue para Londres, casado con una inglesita, de la cual se divorció unos años después. Él se quedó en Madrid estudiando, y a la sazón pensaba que en su día, cuando estuviese convenientemente preparado, se trasladaría a Londres y formaría allí su hogar, pero le faltaban dos años por lo menos.

A las siete decidió que ya había terminado y que le correspondía su clase de inglés. Entonces recordó a Érika. Una chiquita estupenda, de unos veinte años, sola y bregando en Madrid con el fin de escalar puestos. Pero ya lo tenía bien ganado. Y un problema de envergadura. Una lástima. Claro, que si el amigo sentimental se divorciaba de su mujer… Eso ocurría. El divorcio se conseguía con suma facilidad; uno tan pronto estaba casado, como soltero, como vuelto a casar. A él no le gustaba el sistema. Prefería vivir de mirón, de contemplativo, de jugador de nada, pero de mirón de todo.

* * *

—Dímelo —le siseó Borja a Érika nada más sentarse ambos, uno junto al otro.

47

Érika volvió su preciosa cara con presteza.

—Tú siempre lo adivinas todo, Borja.

—En ti, sí. Te llevo tratando hace doce meses. Es fácil saber lo que reflejan tus ojos. Algo no funciona bien.

—¿Tienes mucho que hacer cuando salgas de la academia? —preguntó la joven con un hilo de voz.

—Nada. Irme a casa, comer, pasear… Nada concreto.

—Pues invítame a cenar esta noche. Necesito compañía. Hablar de mí misma, de todo lo que me sucede… Un amigo es siempre necesario, y tú has demostrado serlo. Un amigo especial, sin duda, pero amigo al fin y al cabo, porque no tengo otro.

—Te invito a cenar —dijo Borja, complacido, y es que aquella chica, pese a su vida irregular, le enternecía.

No es que él fuera el clásico hombre siempre perdido entre mujeres, pero sabía lo suficiente de ellas para saber, asimismo, diferenciar. Érika era una chiquita estupenda. Lo más lamentable es que estaba enamorada de un tipo casado que quizá la quería mucho, y no le asombraba en absoluto, y quizá también se divorciaría, pero él se preguntaba si un tipo divorciado podría conocer y valorar a aquella chiquilla que le contaba sus problemas con una sinceridad aplastante y se condenaba a sí misma, pero no sabía cómo salir del hoyo en que estaba metida.

—Gracias, Borja.

—¿No estás citada con tu amigo?

—No. Ha tenido que acompañar a su mujer. Es lo que lamento, Borja. Daría algo por arrancarme este sentimiento de dentro… —hablaba quedamente, aún sentada junto a él y oyendo lo que decía el profesor, si bien no atendía a ninguno de los dos—. Creo que estuve muy desprevenida. Y se me antoja que él también. Ahora mismo no sé qué hacer. Sé que no soy la primera chica de mi edad que se enamora de un tipo casado, pero el que, además de casado, tenga hijos me descompone. No sé cómo explicarte.

—Ya me lo explicarás ante una comida apetitosa. Se me antoja que, más que comida y que amor, necesitas un amigo. Yo lo soy.

—Es lo raro, Borja. Que seas joven y desinteresado.

Borja hubo de sonreír.

No era un tipo apolíneo ni mucho menos. No muy alto, moreno, de ojos negros, amable y afable, pero sin atractivo aparente, porque ninguna chica volvía la cabeza cuando él pasaba. Era más bien un hombre anodino, aunque Érika lo veía lleno de valores humanos. Pero ella tenía veinte años y consideraba a Borja un amigo, porque, además, no tenía ningún otro, salvo los compañeros de oficina, y ésos ya ni siquiera la saludaban como antes, porque se suponía que tenía lío sentimental con el jefe. Y no le gustaba una situación semejante.

—Me ocurre algo como a ti, Érika. No tengo amigos. No me gustó nunca conversar con personas desconocidas. No le cuento mi vida a cualquiera. Pero también es cierto que en mi vida no sucede nada irregular, nada asombroso. Soy un tipo templado, y llevo una coraza.

—¿Una coraza?

—Ya te lo contaré mientras comemos.

En efecto, poco después estaban ambos sentados en un Vips del centro.

Tenían un plato combinado delante. Arroz, huevos fritos, plátano y dos hamburguesas con tomate. Todo ello acompañado de una caña de cerveza.

—Me hablas de una coraza, Borja.

—En efecto. La llevo puesta. Es la única manera de preservarme contra los problemas de tipo sentimental. No soy impresionable, ni lo quiero ser en el futuro. Tampoco tengo ninguna predilección por el matrimonio. Si un día tengo una amiga, más amiga que las demás, le pediré que vivamos juntos, y cuando ambos estemos seguros de que nuestra vida en común es satisfactoria me casaré, si es que tengo que casarme y ella así lo desea… Pero, a mí, ni siquiera el matrimonio me parece un lazo de unión eterna. Nada hay eterno. Ni creo que tu amor por ese hombre sea para ti definitivo. Eres demasiado joven.

—Pero le amo.

—Sí, sí. Entretanto no dejes de amarlo, no haga él algo que te desilusione. Y me temo que se divorcie de su mujer y lo mande todo al garete por seguirte. ¿Y qué sucederá si un día tú, que tienes menos años que él, dejas de amarlo? ¿Es que vas a soportar la vida junto a alguien a quien no amas?

—No se trata de eso. Yo estoy muy segura de mis sentimientos.

—Entonces dudas de él; eso es lo que pone esa nube en tus ojos.

—No lo sé, Borja. Te aseguro que no lo sé. Mira, soy hija de una familia acomodada. Mi padre es médico, como sabes, y pese a su calidad de médico rural, en esas villas pequeñas donde hay pocos habitantes, el médico es como una institución; todo cuanto le rodea es respetado al máximo. Asistí a un colegio de monjas. Podía estudiar lo que me diera la gana, pero preferí trabajar pronto. Por eso aprendí idiomas y pasé algunos veranos fuera de España. Y cuando tuve diecisiete años decidí que haría el C.O.U. en Madrid y que me quedaría aquí. Papá se había casado;

tenía dos hijos gemelos. Entendía que eran más que suficiente para él y su segunda mujer. No pienses que ella es mala. Es una mujer simple con la cual no me une lazo alguno, salvo el afectivo, porque la aprecio, pero su lenguaje dista mucho de ser el mío; la parte de comunicación no existía. Con papá, tampoco; de eso ya te hablé.

—Pero come —le dijo Borja con suavidad—. Contando tus cosas, que algunas ya me sé de memoria, te olvidas de que tienes apetito.

—No tengo mucho, te lo aseguro. Estaba citada, pero cuando me llamó por teléfono y me advirtió que no podía acudir, me sentí eso que se suele llamar un remiendo. Y a mí me duele ser eso ante un amor que siento profundo y verdadero.

—Porque es el primero, Érika. Dime una cosa, ¿habías tenido relaciones íntimas antes de conocer a tu amigo actual?

—Nunca.

—Me estás diciendo que el primero fue… él.

—Sí, sí —movió la cabeza asintiendo—. Sí, por supuesto, y no entiendo aún cómo empezó todo…

—Come, y me lo cuentas después. Yo ya he comido. Ahora tengo deseos de fumar, y mientras tú terminas…

—Fuma, fuma. No te preocupes por mí.

Borja la veía comer desganada.

5

Cuando terminó, Borja encendió él mismo un cigarrillo y se lo puso en los labios a Érika.

—Fuma, Eri. Me parece que necesitas decirme muchas cosas.

—Verás, es que hay momentos en la vida en que esas cosas se tienen que decir. Es imposible callarlas, y, lógicamente, se dicen a la persona que tienes más cerca; en la cual crees más… Yo, en ti, creo, y si me equivoco lo lamentaré tanto como perder el amor de mi amigo…

—Nunca me has dicho cómo se llama, ni quién es, ni su edad.

—Borja, prefiero marginar los detalles. Si te digo la verdad, ignoro aún por qué me confío a ti. Tal vez porque lo necesito, y eres la persona que más cerca tenía. Sin darnos cuenta, los dos nos hemos ido haciendo amigos. Un día tú culminarás tu deseo y te irás a la multinacional de Londres, y yo me quedaré aquí con mis problemas. Pero, de cualquier forma que sea, a veces, como ahora, se necesita un amigo para desahogarse. Además, un amigo como tú, desinteresado, amistoso de verdad, pero sin egoísmos de tipo personal o sentimental.

—En eso tienes razón. No doy mi amistad a cualquiera. Soy reacio a las amistades profundas, y menos estoy dispuesto a comprometer mis sentimientos. Prefiero ser libre. Si un día me enamoro será sinceramente y quisiera que para siempre, aunque soy de los que pregonan que nunca existe un solo amor en la vida de un ser humano. Hay muchos, y variados, y sólo el último es importante.

—Como sabes, yo entré en esa empresa de sopetón. Un anuncio en un periódico, un examen posterior y gané la plaza. No de secretaria, por supuesto, de auxiliar administrativo, y a los seis meses faltó la secretaria de dirección por no sé qué asunto familiar y no volvió. Se hizo una selección y gané yo el puesto.

—Y empezó todo.

—No, no. Empezó después. Cuando apareció el hombre joven…

—¿Tan joven, Érika?

—Bueno, tiene diez años más que yo, y esposa con dos hijos.

—Y eso no te contuvo.

—Sí, sí. Pero es que yo, de momento, no pe que era casado. Primero una sonrisa, despue un roce, luego un café juntos, una comida…

—No me digas que te engañó.

Érika elevó vivamente la cabeza.

—¿En qué sentido?

—Pues en que no te dijo que era casado.

La joven hizo un gesto vago.

—Mira, Borja, las cosas ocurren así, y no te das cuenta. Yo venía como ciega de mi provincia. Tenía un sueldo que ni soñado. Como secretaria bilingüe de dirección gano un sueldo casi de película. Y era joven. Dieciocho años. Llevo dos bregando feliz. Digo mal, doce meses de esos dos años luchando conmigo misma. Yo no hubiera querido que mi vida se desarrollara así, pero ya está decidido. Un día, él me dijo que era casado, pero las cosas ya estaban consumadas.

—Por lo que veo, es tu primer amor.

—Y el único, Borja. El único, y eso es lo que me desespera. Porque yo soñaba, como soñamos todas las chicas adolescentes, con un amor de película o de novela. Yo sé que no existen, pero mientras sueñas eres feliz y te haces a la idea de que nada es fantasía. Lo sé, lo sé. Pero cuando me di cuenta ya era demasiado tarde. Yo le amo. Y te aseguro que le amo tanto que no sé cómo librarme de ese sentimiento.

—¿Es él merecedor de tu amor?

—Supongo. Yo noto que me ama, que me necesita, que no es feliz en su casa con su mujer y que ni siquiera sus hijos llenan su vida… Y ahora parece ser que las cosas se complican.

—¿En qué sentido?

—¿No me preguntabas qué me ocurría? Pues ya te lo estoy diciendo. Tú sabes siempre cuando algo me aflige, cuando algo no va bien. Pues no va, no. No se puede divorciar.

—¿Porque no quiere?

—No, no, Borja, porque se lo ha planteado a su mujer, y ella se niega.

—Eso es lo peor.

—No entiendo cómo una esposa que se sabe en desamor ante su esposo no le da la libertad.

—¿Quieres que intervenga yo, Érika? Me duele que estés metida en este dilema. Me duele una barbaridad. Puedo asegurarte que no soy hombre que piense en los problemas de los demás, pues considero que tengo los míos, que no son pocos, pero con referencia a ti pienso y me duele lo que te ocurre. Es duro, Érika, dar la virginidad a un hombre que está casado con otra. No es igual cuando se tienen experiencias. Cuando se ha vivido, amado y dejado de amar. Lo tuyo es diferente.

—No debí ser tan cándida, ¿verdad?

—No es eso. Te enamoraste, y no miraste nada, ni tuviste consejos que te pudieran orientar. Eras demasiado joven, y sigues siendo terriblemente joven para tener un problema semejante. Pero si me dices el nombre yo le puedo visitar como amigo tuyo que soy y decirle que o se divorcia o que te deje.

—Es que ambas cosas, por separado, me duelen, Borja.

—Te has enamorado demasiado, Érika.

—Sí, sí, pienso que sí. Pero, cuando todo lo teníamos planeado, que salga ahora su mujer diciendo que no le concede el divorcio... es lamentable. Tú sabes que cuando la pareja está de acuerdo, el divorcio es fácil; se consigue pronto. Pero si una de las partes no cede, se puede dilatar infinitamente.

—Y a ti te duele vivir así...

No preguntaba.

Por encima de la mesa le asió la mano y se la oprimió con cálida ternura.

—Me duele, pero, si tengo que esperar, esperaré.

—Tanto es tu amor por él.

Érika no respondió, pero sí asintió con movimientos de cabeza afirmativos.

Sus cabellos, de un rubio natural, lacios y algo largos, formaban una melena suave, brillante, sin horquillas, y al mover la cabeza se le iban hacia la cara. Se notaba en ella una pesadumbre emocional profunda, y Borja sintió pena, mezcla de ira e impotencia, porque la estimaba de verdad.

—Si te digo una cosa, te vas a reír, Érika.

—Nada de cuanto me digas me causa risa, porque ni siquiera eres cómico, quiero decir que todo lo tuyo es serio y lo que te cuento lo es tanto como tú.

—Es que te decía que te vinieras a mi oficina, que dejaras de verle. Tal vez lograrías olvidar, y dados tus conocimientos de idiomas y demás, bien podrías dejar España y marchar a Londres. Yo hablaría con Law, mi hermano, y le pediría un empleo para ti.

—Estás loco.

—¿Por qué?

—¿Huir?

—Si el amor que sientes te hace infeliz, ¿por qué no huir? Lejos de vista y lejos de pensamiento, cunde la tranquilidad. No sé a quién se lo dije un día de éstos, o quizá es que sólo lo pensé yo. Pero ya te conté el dilema que vive un amigo mío. Hacía años que no nos veíamos, y de súbito me lo topé en el aeropuerto. Me contó parte de su vida extramatrimonial. También está enamorado, pero casado, y ése sí que no piensa divorciarse, pero tampoco está dispuesto a renunciar a su amiga…

—Dilo, Borja. Estás deseando decir «amante».

—Pues sí, ¿por qué no? Amante o amiga sentimental, importa poco. El caso es que vive una situación como la tuya, con la única diferencia de que él quiere a su mujer, pero, según parece, también ama a su… amante.

—¿Por qué la vida tendrá que ser tan retorcida, Borja?

—Porque si no fuera así, carecería de emociones, de altibajos, de interés…

* * *

Eran las doce. Borja conducía su auto hacia Cea Bermúdez, lugar donde, en un enorme edificio de veinte plantas, tenía Érika su apartamento, chiquito y coquetón. Él no lo había conocido nunca, pero, una vez estacionado el auto, Érika le invitó a subir. Y lo estaba conociendo.

Era pequeñito, pero muy femenino. Puesto con mucho gusto. Muebles funcionales, cuadros por las paredes, muchos libros, una alcoba de lecho enorme y un living, además de cocina, despensa y baño.

Mientras Érika ponía en funcionamiento el aire acondicionado, Borja iba de un lado a otro como buscando algo.

Y de súbito, Érika le dijo:

—No tengo nada de él, Borja. Si buscas una fotografía… no la hay. Y, por supuesto, no lo conoces. No es de tu mundo ni del mío. Pertenece a una familia opulenta… Su mujer es una rica heredera.

Borja se volvió despacio, muy despacio. De súbito empezaba a pensar con cordura, a relacionar cosas… ¿Sería posible?

Pero se calló lo que pensaba.

—Me miras como si hubiese dicho una estupidez, Borja.

—Y es verdad. Estoy pensando una soberana estupidez. Dime una cosa tan sólo. ¿Estás segura de que ese amigo sentimental tuyo no te engaña?

—¿Engañarme?

—Verás, digo que los hombres, ciertos hombres en particular, no son sinceros, mienten antes que deponer sus apetencias. No quiero ser grosero, pero me estoy preguntando hace rato si tu amigo no te engaña en el sentido de que él jamás haya pedido el divorcio a su mujer.

Érika cayó sentada, como incrustada, en un sillón.

Miraba a Borja como desconcertada a intervalos, preguntándose qué le ocurría a ella, que de repente también sentía en sí misma el resquemor de la duda.

—¿Supones eso?

—Te pregunto a ti. Una mujer enamorada no ve muchas cosas, salvo las que dice el hombre que ama, y nunca acepta la mentira de ese ser amado.

—No, no —y agitó el cabello, despidiendo un suave olor, a colonia de baño fresca, pensaba Borja, como la misma Érika, pese a su vida de amante gratuita—. Nunca seré capaz de pensar eso.

Borja se sentó ante ella.

—Dime, Érika, ¿y si fuera así? Piensa que yo soy un tipo realista, prosaico, ajeno a enredos amorosos sentimentales, y que veo con los ojos del cuerpo, pero no con los de la ensoñación… Por tanto, piensa un segundo si ese hombre quiere a su mujer y de paso te ama a ti. Que, al no desear perderte, te engaña.

—Quieres decir en el sentido de que jamás habló a su esposa de divorcio.

—Exactamente eso.

—¡Oh, no!

—Pero ponte en esa situación.

Érika elevó el rostro, y sus ojos verdes se ensombrecieron.

—Tendría que ser sincero, pero, sin esposa o con esposa, no me siento liberada de mi sentimiento.

—Lo cual indica que… seguirías con él, pese a todo.

—No podría evitarlo.

Borja suspiró.

—Te diré una cosa, Érika. No soy sentimental, pero soy sincero. Y de verdad, de súbito, envidio a tu amigo.

—¿Qué dices?

—Pues lo que has oído. Que le ames por encima de todo me asombra y me emociona. Yo no soy un tipo emocional, pero lo tuyo se pasa de la raya, y me carcome…, me roe de rabia, y me roe porque se me antoja que tu amigo no te merece. Eres demasiado pura, pese a tus relaciones con él. ¿Y sabes otra cosa más?

—Dímela.

—Prefiero verte menos…

—¿Verme menos?

—Dada tu dimensión humana, a cualquier hombre, aunque esté parapetado contra el amor, le será fácil enamorarse de ti, de tu perseverancia, de tu sacrificio.

Érika sonrió apenas.

—Pero tú no eres de los que toman la amiga de otro, Borja. ¿Verdad?

—No. No, mientras pueda.

—Y estás parapetado para defenderte.

—Lo intento por todos los medios —se levantó. Pensaba muchas cosas que de súbito le atenazaban y que no quería comentar con Érika—.

Tengo que irme, Eri. Te veré un día de éstos, aunque me temo que en una semana no podré asistir a la academia porque tengo un viaje previsto a Londres. Aprovecharé el mes de agosto.

—Yo me quedaré sola en Madrid ese mes.

—¿Sí?

—Él se va con su familia a Marbella.

—Lo cual quiere decir que está metido en un mundo de poderosos adinerados.

—Sin duda.

Esa noche, Borja dio mil vueltas en el lecho. A la mañana siguiente hizo algo que no tenía pensado hacer, pero que haría sin remedio porque no podía evitarlo ya.

Eran demasiadas coincidencias, o él las imaginaba, y Érika era una chiquita atormentada, engañada, y sería lastimosamente defraudada.

Nada más llegar a la oficina marcó un número.

Le respondieron en centralita y le dijeron que Juan Beltrán se hallaba en Nueva York, y que no regresaría hasta dos semanas después.

—¿Puede ponerme con su secretaria?

—Pues no ha venido, señor. ¿De parte de quién? Si desea dejar algún recado…

—No, no. Llamaré un día de éstos. Gracias. Y colgó.

Se quedó confuso, pero en modo alguno preocupado. Evidentemente, él no se preocupaba por muchas cosas que no fueran en función de sus intereses. Y si bien apreciaba a Érika, no era tanto su interés como para inquietarle en extremo.

Por otra parte, y dado lo que él sabía del problema de Érika y sabiendo que Juan Beltrán estaba en Nueva York y su secretaria ausente del despacho, dejó zanjado el asunto diciéndose que se había equivocado en sus sospechas.

6

Por asuntos relacionados con su oficina, no pudo asistir a las clases de inglés en tres días. Al cuarto no vio a Érika en la academia.

Al quinto día hubo de trasladarse a Londres, como hacía quincenalmente.

Fue a su regreso, durante el fin de semana, que decidió ir al teatro.

Era una compañía de comedias arrevistada. Se entretuvo en el patio de butacas distraído y distante. La obra no le interesaba demasiado. A media función decidió irse a dormir, y fue en el aparcamiento, cuando subía a su automóvil, cuando quedó como clavado en el suelo.

O él veía mal, y creía que de vista y, pese a la noche, estaba muy bien, o delante del teatro, subiendo a un auto acharolado de línea aerodinámica, se hallaban Érika en persona y..., ¡Dios de los cielos!, Juan Beltrán, quien, una vez que ayudó a subir al vehículo a su amiga, se colocó ante el volante.

Por unos momentos, Borja quedó confundido. De repente sacudió la cabeza, cerró y abrió los ojos… Cuando hizo eso, el auto de Juan Beltrán rodaba ya alejándose del teatro. Es decir, que todo cuanto había sospechado en un segundo y desechado en otro era cierto. Totalmente cierto.

Odió a Juan, por jugar así con los sentimientos de una chiquilla enamorada y honesta. Y odió a Érika, por ser tan cándida y creer en las mentiras de Juan, que la podía amar, y no le asombraba nada, pero… mentía con referencia a que le había pedido el divorcio a su mujer y Diana se lo negara. Nunca en la vida, por muy penosa que fuese, le diría Juan a Diana que deseaba divorciarse de ella.

Puso el auto en marcha y se dirigió a su casa cansado y hastiado, confuso y molesto.

Dejó de pensar en ello cuando se durmió. A la mañana siguiente, una vez en su oficina, pidió a su secretaria que le pusiera en comunicación con el despacho de dirección de don Juan Beltrán.

Podía pasar de ello y deseaba pasar, pero le sacaba de quicio que fuera Érika precisamente la amante de su amigo.

Y, sobre todo, le sacaba aún más de quicio que Juan le mintiera a Érika.

Tampoco comprendía que, siendo él tan indiferente, se sintiera metido entre ambos. ¿Qué le iba ni le venía el asunto? Muy sencillo. Era amigo de Juan, a quien consideraba buena persona, dentro de lo que cabía, que parecía no caber mucho, pero cabía lo suficiente. Y era aún más amigo de Érika. Una chiquilla sencilla, enamorada y prendida en el encanto seductor de Juan y poseída por sus mentiras.

Porque una cosa era el amor que Juan pudiera sentir por Érika, y éste lo comprendía, y otra que le dijera a la joven que su esposa se negaba al divorcio.

—Señor, tengo comunicación.

—Pásemela.

—En seguida oyó la voz de Juan Beltrán.

—Sí.

—Oye, Juan, soy Borja.

—Pero, chico, ¿de dónde sales? Dime, dime. Puedes hablar con libertad. Estoy solo, en mi teléfono particular.

—¿Podemos almorzar juntos?

—¿Hoy?

—Sí, sí, hoy. Dentro de una hora me reúno contigo donde tú digas…

—Pero… ¿tiene que ser hoy?

—¿Y por qué no?

—Verás, tengo a la familia en Marbella.

—Y has estado en Nueva York.

—¡Oh, sí! Una semana de asueto... Nada de negocios... Un viaje en compañía...

—De tu secretaria.

—¿Cómo lo sabes?

—Te lo pregunto.

—Pues sí, sí. Un viaje delicioso... Diana se fue con los chicos al chalecito de Marbella, y yo voy y vengo. Los fines de semana me los paso allí, pero siempre pongo un pretexto para venir antes... Suelo regresar el domingo a media tarde.

—Juan...

—Chico, qué forma de levantar la voz...

—Es que tus asuntos familiares no me interesan —su voz se tornaba dura, raro en Borja, que jamás perdía su ecuanimidad—. Te invito a almorzar. ¿Qué te parece en «Los Porches»? Está fresco y dan bien de comer. Si nos apetece lo hacemos en el comedor al aire libre. Hace demasiado calor.

—Te hacía en Londres.

—¿Y por qué, Juan?

—Yo qué sé. Como tan pronto estás allí como aquí... Pero bueno, vale. Almorzaré contigo. Tenía otros planes. Me marcho a Marbella mañana.

—Y deseabas aprovechar estos días para estar con tu chica.

—Algo así.

—De todos modos, prefiero verte.

—¿Te ocurre algo?

—A mí no, pero seguramente te ocurre a ti.

—No te entiendo.

—Comiendo nos entenderemos.

—Está bien, está bien. Me encontrarás en «Los Porches» a las dos en punto.

—Hasta las dos, entonces.

Y colgó, sin despedirse.

Es decir, que no había imaginado nada desusado. Que Juan y Érika eran las personas que se amaban, se deseaban o se entendían. Pensó en mandarlo todo al diablo. ¿A qué fin preocuparse tanto por algo que no le atañía?

Pero no...

Y sin saber las razones, descargó un soberbio puñetazo sobre su mesa de despacho. Además, se oyó decir a sí mismo:

«¡Maldita sea!»

Continuó trabajando, pero más bien como un autómata; dio orden a su secretaria para que reservase la mesa en «Los Porches» para dos personas.

Después fumó y fumó.

No era hombre que se alterase. No obstante, esa mañana dio órdenes a gritos y hubo de reaccionar cuando sintió en su cara los ojos asombrados de su secretaria.

—Perdón.

Y salió del despacho a paso elástico.

Vestía un traje ligero, de alpaca color beige, y camisa sin corbata.

Calzaba zapatos marrones de fina suela y flexible piel.

Subió a su automóvil antes de la hora prevista. Así que a la uña y media se hallaba ya sentado en el restaurante «Los Porches», preguntándose por qué le afectaba a él tanto aquel asunto…

Pues le afectaba, y basta.

* * *

—No puedo almorzar contigo, Érika.

—¿No?

—Verás, es que me llama un amigo. Le estimo mucho. Nos vemos poco y cuando me cita acudo siempre. Es un tipo íntegro, raro si quieres, complejo, pero una persona intachable.

—Será mañana, Juan.

—Gracias por fu comprensión, Érika, pero resulta que mañana me marcho a Marbella. Así que esta noche estaré en tu apartamento. Te prometo…

—Juan, no prometas nada. Siempre prometes, y luego…

Juan hundió los dedos en sus cabellos ondulados y agitó la cabeza.

—Tendré que convencer a Diana. Verás cómo al fin comprende. El amor es antes que nada, y cuando se deja de sentir por la esposa, lógicamente ésta debe comprender.

—Debe, pero si no comprende…

—Con el tiempo…

—¿Cuánto? Mira, no es por casarme. No me interesa tanto el matrimonio como una convivencia continuada. Un cortar con dos vidas que no se parecen en nada entre sí. A mí no me duele que dejes a tu mujer, si, como aseguras, ya no la amas. Y a tus hijos no tienes por qué perderlos. Son tus hijos, y lo serán siempre. Tal vez un día sean amigos míos.

—Érika —la miraba enternecido—, te juro que lucharé cuanto pueda, y venceré. Diana entenderá. Cuando el amor se vuelve desamor, ¿de qué sirve mantenerlo vivo si en esencia y materia ya está muerto? Iré a verte a tu casa esta tarde… Espérame allí.

—¿No te ocupará demasiado ese amigo?

—Verás, estuvimos durante un año en un piso de estudiantes. Lo compartimos todo. Pero yo terminaba, y él empezaba. Sin embargo, me hice muy amigo suyo; la distancia y el tiempo no menguaron nada esa amistad. Es un hombre joven, cinco años menos que yo, pero inteligente, independiente y muy pronto será una personalidad en su profesión. Es químico como yo, pero, en vez de dedicarse a la cosmética, a la cual yo me dedico por haberme casado con Diana Menchado, él se dedica a la investigación nuclear y pertenece a una multinacional.

Se acercó a ella y le asió la cara entre las manos con toda reverencia y respeto.

—Érika, te adoro, y si me piden que prescinda de ti, me será imposible.

—Me duele lo que sucede, Juan. La situación, mis sentimientos… Si pudiera evitarlos, disiparlos…

—¿Estás loca?

—No, no, pero con tu esposa enfrente me siento coartada. Te amo, pero prefiero que seas libre.

—Convenceré a mi mujer. Ya lo verás. Al fin y al cabo, ella tiene mucho dinero y está dedicada a su vida social, que nada tiene que ver con mis gustos. Ya te dije, y te lo vuelvo a repetir, que nuestros gustos son muy dispares, que no tenemos nada o casi nada que decirnos, pero la tradición, su imagen… Ya sabes. Con el tiempo se hará a la idea, y cuando entienda que yo no volveré a su lecho… se dará cuenta y preferirá verme lejos antes que cerca y con tanto desamor —y confirmó algo atropellado—: Mira, come en alguna parte y te vas a casa porque este mes, por las tardes, como ambos sabemos, no trabajamos. El mes de agosto es infernal, y en Marbella mi mujer vive de lleno la vida social, y si bien voy los fines de semana, te aseguro que para mí es un suplicio.

—Lo entiendo, Juan. Pero así no podemos continuar mucho tiempo. Creo tener derecho a una vida estable…

—Pues claro, amor. Pues claro.

Pero se iba a toda prisa, y es que temía que Borja hiciera su aparición y conociera a Érika. No por Érika misma, sino por él, y porque le había mentido, y porque, además, no había abordado el tema del divorcio con Diana, ni lo abordaría. Tampoco podía prescindir de Érika.

Salió a toda prisa. Érika se quedó en el despacho, triste, recogiéndolo todo para continuar al día siguiente.

Tenía jornada intensiva. A las tres solía comer con Juan, puesto que su mujer se hallaba en Marbella con sus dos hijos.

Se sentía deprimida, y es que además llevaba sin ver a Borja más de semana y media. Primero, ella se había ido a Nueva York una semana con Juan; después él no acudió a la academia. Y necesitaba desahogarse, contar sus cosas a alguien, y no conocía a nadie tan digno de escucharla como Borja.

Decidió por fin almorzar en su casa y esperar allí a que llegara Juan.

De buena gana y, dado el calor que hacía, hubiera salido con Juan, pero él, por lo visto, estaba comprometido con un amigo especial.

Salió de la oficina y subió a su coche. Pero de repente se dijo que el calor era tan sofocante que prefería irse a una piscina pública, y como llevaba la bolsa de deporte en el automóvil, tomó esa dirección.

Pasó la tarde bañándose, comió un plato frío en la cafetería y después se quedó tomando el sol hasta las cinco.

Al día siguiente era fin de semana. Sabía ya que Juan se iría.

Era terrible vivir aquella situación, pero tampoco sabía cómo vivir otra.

No entendía cómo ella se había dejado atrapar por unos sentimientos tan fuertes.

Pensaba en Borja, su único amigo, y lamentaba no haberlo visto en dos semanas, porque, aunque pareciera que no, Borja solía tranquilizarla, darle ánimos, y con él se desahogaba.

Regresó a casa cuando eran las cinco y el asfalto, que era fuego puro, más calor desprendía.» Nada más entrar en su casa conectó el aire acondicionado y se tendió en un diván. Cerró los ojos. No se soportaba, y no por falta de amor a Juan, sino porque ella no se concebía con un amante y consideraba a Juan un futuro marido.

Se había criado, crecido y casi hecho mujer dentro de unas tradiciones, y romper de repente con todo por amor le dolía, pero tampoco sabía cómo escapar de aquella encerrona sentimental.

De súbito decidió llamar a Borja.

Conocía su número, y lo marcó. A veces, los amigos son necesarios, y ella vivía en un momento de tensión e indecisión.

Le respondió el contestador automático.

«Borja, soy Érika. Si puedes, ven mañana por aquí. Estoy sola. Mañana no trabajo, y él… se va a Marbella. Nunca necesité tanto conversar con alguien, compartir ideas y desazones. Perdona que te moleste, pero no tengo a quien recurrir.»

Una vez que había dejado el mensaje, se sintió débil y estúpida.

¿Qué podía hacer Borja por ella? Borja ya se lo había dicho. «Déjalo. Muérdete el alma, destruye tus sentimientos, pero sé libre, independiente, y usa tu voluntad, que nada existe que no se pueda conseguir como la voluntad quiera.»

Muy fácil. Sí, sumamente fácil… pero en ella no funcionaba la voluntad…

7

Borja fumaba y tomaba un martini. Entretanto, distraído, miraba en torno. No comprendía aún por qué había citado a Juan Beltrán, si a fin de cuentas él y Juan no se veían apenas. De no haber tenido lugar aquel encuentro en el aeropuerto londinense, seguiría sin tener contacto alguno con él, ya que desde que Juan se casó no recordaba haberlo visto o, al menos, cambiado con él unas palabras, salvo aquellas en el avión, que le confundieron y le molestaron, pero más le molestaba aún que el problema de Érika partiera precisamente de Juan y que éste estuviera mintiendo descaradamente a una joven de veinte años que creía en él, que le amaba de verdad desinteresadamente y le había dado su inmensa pureza.

No se sentía árbitro de nada, pero, al ser un hombre justo, y considerarse así, le sacaba de quicio que Juan mintiera precisamente a su única amiga.

Al fin vio llegar a Juan Beltrán, tan atractivo como siempre, bien vestido, elegante, desenvuelto y como si el mundo, con todos sus componentes, le perteneciera. Juan era un tipo muy seductor. No es que él entendiera de bellezas masculinas, sino que por la mirada de las mujeres allí presentes se podía conocer muy bien la dimensión de atractivo de Juan Beltrán, que sin duda lo sabía muy bien y hacía uso de ello para sus conquistas.

Borja pensaba que muy dueño era Juan de conquistar si podía y le dejaban, pero le molestaba enormemente que de aquellas conquistas una más íntima fuera, precisamente, Érika Prado. Una chiquita inocente que en su día Juan sedujo sabiendo perfectamente que él era casado, que quería a su mujer y que jamás se divorciaría de ella.

Pensaba también que sería darle a Juan un golpe bajo si le decía que había visto a Diana con un hombre en un Vips y que aquel hombre no era él, por supuesto. Borja no se sentía tan condenadamente chismoso; allá cada cual, que bien decía el refrán: «Quien a hierro mata, a hierro muere». Sería sumamente gracioso que Diana tuviera un amante y Juan se considerara altamente respetado por su cónyuge, y él, a su vez, estuviera poniéndole a Diana una tapadera en los ojos y la esposa le estuviera poniendo a él lo que vulgarmente se llama una soberbia «cornamenta».

No era dado a la risa, pero a pesar de ello, de repente soltó una carcajada. Algún comensal que tenía cerca le miró desconcertado, porque Borja estaba solo y no sabían de qué se reía. Pero la verdad es que Borja se estaba riendo de sí mismo y de cuanto pensaba, y más que nada de la estúpida arrogancia de su amigo Juan.

—Hola, chico. Te estás riendo y te miran con curiosidad —se sentó ante su amigo—. ¿De qué te ríes?

—Pensaba en un chiste —contestó Borja, dejando de reír y fumando a pequeños intervalos con su habitual flema.

—Pues muy gracioso tenía que ser para que tú rompas a reír. Pienso que es la primera vez que te oigo soltar una sonora carcajada, y además hallándote solo.

—¿Un martini? —preguntó Borja por toda respuesta.

—Pues sí. ¿Y qué comemos?

—Esperaba por ti. Pero con el calor que hace me apetecen dos cosas dispares entre sí y que aquí ponen muy bien. Gazpacho y pimientos rellenos, un postre, café y habano. Para beber, un «Viña Tondonia». ¿Estás de acuerdo?

—Claro, pero dime, Borja, muy importante es lo que tienes que decirme para citarme, sabiendo, además, que tengo la familia en Marbella, que es mi último día de semana libre y lo pensaba disfrutar con mi amiga.

—Tu amante.

—Oye, Borja, no me gustan las definiciones tan altisonantes. Y de mal gusto. Ella es para mí algo muy muy especial.

—Tú sabes, Juan, que no soy el clásico tipo que se anda con embustes, con preámbulos ni vacilaciones. Cuando tengo que ir al objetivo no me ando dándole vueltas.

—No te comprendo.

—En seguida me comprenderás. Ahora viene el maître, y vamos a pedir la comida. ¿Estás de acuerdo con el gazpacho y los pimientos rellenos?

—Desde luego.

Borja, muy ecuánime él, muy como era, sin subterfugios ni redondeos, pidió para ambos lo ya mencionado, y cuando el camarero se fue y volvió rápido el encargado de los vinos y se lo dio a probar, aceptó; mirando a Juan, que aún le observaba desconcertado, decidió hablar:

—Ahora ya podemos conversar sin que nos molesten, hasta que nos sirvan el gazpacho. Y aún tardarán unos minutos.

—Te estás poniendo excesivamente serio.

—Lo estoy. Mi rostro refleja lo que siento. Verás, tu vida particular privada me tiene sin cuidado. Allá tú y tus embustes, pero cuando en cierto modo me afecta, lo lógico es que me inmiscuya.

—¿Y a quién defiendes tú? Porque creo que a Diana sólo la ves en las revistas del corazón, y no estoy muy seguro de que, dada tu indiferencia para la vida social, la reconozcas.

—La reconozco, pero veo poco ese tipo de revistas. De todos modos, cuando voy a la peluquería a cortarme el pelo suelo entretenerme con esas frivolidades. Pero no te voy a hablar de Diana, al menos de momento. Si bien también la veo involucrada, sin proponérselo ella, en este asunto.

—No entiendo nada. Además, dices que no te andas con rodeos, y lo curioso es que yo sé que es así, empero, ahora mismo estás dando alguna vuelta antes de llegar al objetivo.

* * *

Les sirvieron la comida. El camarero que lo hizo se retiró, dejando el gazpacho en sus tazas de consomé correspondientes.

—Dime, Juan —replicó Borja, sin darle respuesta—, ¿le has hablado a Diana del divorcio?

Juan dio un salto sobre su butaca.

—Claro que no. ¿No te he dicho que quiero a mi mujer? ¿Que es la madre de mis hijos, que yo no prescindiré de ella jamás, y no por su maldito dinero?

—Pero a tu amiguita, amante o como gustes llamarla, porque yo la llamaría mejor un juguete precioso que usas a tu antojo y dejas cuando te acomoda, le has dicho que tu mujer se niega al divorcio.

El gazpacho se quedó a medias, y todos los mejunjes que se hallaban a su alcance, intactos, como podía ser el pimiento, cortado en redondelitos, el pepino, el tomate, el pan tostado diminuto…

—Come, Juan —dijo Borja, impertérrito, sirviéndose de todo aquello—. Está exquisito, y con el calor que hace, esto refresca… Además te has quedado muy rígido.

—Oye, ¿qué sabes tú de mi intimidad con…?

—¿Tu amante? Pues todo.

—¿¿Qué??

—Tu amante, Juan, es mi amiga espiritual —contó cómo la conoció, la estimación que le tenía, y hasta añadió que sabía cómo Érika suponía que Diana le había negado el divorcio—. Por tanto te harás cargo de que asocio lo uno con lo otro, y aquí estamos los dos. Tú, para que te aclares, y yo, en defensa de una virtud que no tienes por qué mancillar sin piedad y, además, engañándola.

Juan Beltrán se olvidó de que tenía un pañuelo en el bolsillo y, equivocadamente, usó la servilleta para limpiar el sudor que perlaba su frente.

—Perdona —dijo en seguida—. Soy un maleducado.

—¿Por el engaño en que tienes a Érika?

—No, no —barbotó Juan, descompuesto, pero bajando mucho la voz—. Por usar la servilleta en vez del pañuelo.

Y lo sacó del bolsillo.

Hubo un silencio. Para mayor asombro de Juan, Borja seguía comiendo; tal se diría que se hallaba solo, pero Juan sabía que su amigo esperaba respuesta a cuanto había dicho.

—Oye, Borja, creo que fue un mal momento aquel en el cual te encontré en el aeropuerto.

—No fue ése el peor, Juan. El peor, más penoso y condenable para mí, fue el momento en que conociste a Érika, y en vez de respetarla como la respetó tu suegro, la convenciste, la enamoraste y la poseíste.

—Tienes algo en mente, ¿verdad, Borja? Debí de suponer que no te agradaba mi doble vida, pero te diré que eres el único que no la vive, porque la mayoría de los hombres dejamos de desear a nuestras mujeres al año de casados y, lógicamente, tenemos todo el derecho del mundo a desear a otras.

—Yo no te digo nada en contra, aunque me mantenga al margen en cuanto a tales situaciones personales. Observarás, y si no lo observas te lo digo yo, que no tengo compromiso, que sigo soltero, no tengo novia ni pensamiento alguno de casarme. Pero si un día lo hago, ten por seguro que no engañaré a mi mujer, porque no me agrada nada esa doble vida que dices tú que vivís todos los que podéis pagarla. En cambio, opino que la falsedad es imperdonable, y tú estás siendo falso con Érika. Ya te digo que tengo de ella un alto concepto y que confía en mí. Mientras me contaba sus penas, yo, tan ciego, no veía al hombre que había tras ella. Fue de súbito, y tú bien sabes que no suelo ocuparme de los asuntos ajenos. Pero éste me atañe. En efecto, tengo algo en mente, pero antes aún te daré la oportunidad de ser sincero y de que le digas a Érika la verdad…

—De acuerdo. Pero dime, ¿tú la amas?

Borja abrió los ojos desmesuradamente.

—No —dijo, apacible, y no mentía—. Ni se me pasó por la mente. No porque sea tu amante; eso que quede claro. Yo, de pasados de mujeres y hombres, no vivo, ni quiero juzgar a nadie ni tengo derecho alguno a hacerlo, porque antes tendría que juzgarme a mí mismo, y maldito si voy a perder el tiempo en eso —meneaba la cabeza, como si pretendiera dar más fuerza a sus palabras—.

No va por ahí la cosa. Y si un día la amara, te la quitaría si pudiera, y lucharía por ella con todas mis fuerzas. Opino, además, que cada cual es dueño de su persona y puede hacer de su cuerpo lo que le acomode, y que cuando se quiere de verdad, el ayer importa un rábano —volvió a alzarse de hombros—. Al menos, a mí no me importará. No me mires con ese asombro. Tú tienes una mentalidad distinta de la mía. Yo soy de los que piensan que si los hombres se casan con divorciadas, no entiendo por qué no han de casarse con mujeres que tuvieron su pasado con otro hombre. Es cuestión de matiz, ya lo sé. Tú, en estos matices, no entras. Vives una tradición y te aferras a ella, pero te aferras porque te conviene. Yo no entro ni salgo en tus asuntos, siempre que no estén relacionados con personas a las que aprecio. Érika es mi amiga, y sé lo que sufre, porque poco o nada me oculta. Seguramente tú no te has preocupado jamás de saber de dónde procede, qué soledad tiene en su vida, quiénes son sus padres, por qué a su edad está sola en Madrid. Y hasta juraría que ignoras que tiene una familia como podemos tener tú y yo, con las diferencias normales de un ser humano que pertenece a otros que no ama, pero que sí aprecia. No sé si me explico.

—No demasiado, pero sí lo suficiente para que yo te diga que Érika me importa por sí misma, en exclusiva, y que todo lo que la rodea me tiene sin cuidado.

—Lógico, dada tu mentalidad y tu entorno familiar. La esposa, los hijos y la sociedad aparte, y la amante en otro lugar, que no puede ni debe rozar tu estabilidad matrimonial.

—Te digo…

—Sí —muy serio, pero también muy flemático, a punto de hacer estallar los nervios de Juan—, que tu vida privada y tu vida sexual no son hermanas, y si lo son ya te encargas tú de separarlas, y también vas a añadir que todo el que puede vive esa doble existencia amorosa.

8

—Borja —se agitó Juan Beltrán, tras el silencio prolongado de su amigo—, somos amigos, ¿no? ¿Es que tú no has tenido jamás un desliz? Porque no me vengas ahora diciendo que no te gustan las mujeres, que prescindes de ellas, que lo respetas todo.

—Un momento, Juan, un momento, y no te alteres, porque antes de responderte te diré lo que pretendo. Que seas sincero. Que le digas a Érika que no te vas a divorciar jamás, que la amas, y creo que la puedes amar, porque pasar al lado de esa chiquilla y no quererla me parece imposible. Pero hay muchas formas de amar. Y una de ellas, la más importante a mi modo de ver, es la sinceridad, la que debe usar todo hombre bien nacido. Si, una vez hayas sido sincero, ella prefiere seguir, porque te ama demasiado, eso ya es muy diferente. Y ahora, sin que respondas,

permíteme que te conteste a lo que preguntabas, o a lo que tú, más bien, estabas dando por
hecho. Me gustan las mujeres, y las uso. Pero
las uso siempre que ellas estén de acuerdo. Pero jamás se me ocurriría, de estar casado y ser
feliz con mi mujer, como sin duda tú lo eres con
la tuya, tener para mi solaz una amante, y máxi-
me si la amante es una chica de menos de veinte años que has llevado a tu terreno sin decirle
que eras casado.

Les servían los pimientos rellenos. El camarero retiró, algo sorprendido, el gazpacho del
cliente sin tocar.

—¿No le ha gustado, señor?

—¿Cómo dice?

—Si no estaba de su agrado…

—Te pregunta si no te ha gustado el gazpacho, Juan, y es que apenas lo has probado.

—¡Oh, sí, sí! Pero no tengo apetito.

El camarero se fue. Juan miró a Borja con desesperación.

—Borja, maldita sea… Yo no puedo perder
a Érika.

—Lo comprendo. Pero eso tendrá que decirlo ella. Sé sincero.

—No le hablé de mi estado civil, es cierto,
pero nadie en la empresa ignora que yo estoy casado con la hija del presidente.

—Por supuesto, por eso no hago demasiado hincapié en ello, pero sí te emplazo para que le digas, antes de irte a Marbella este fin de semana, que no le has hablado a tu mujer de divorcio, ni piensas hacerlo, porque tu vida familiar está muy por encima de tus apetencias extramatrimoniales.

—Eso no se lo diré jamás.

—Juan, me parece que no te has percatado aún de que yo he callado de momento, pero que, si me apuras, os pillo juntos y te desenmascaro.

—Oye, tú te estás comportando como un hombre enamorado. ¿Me puedes negar eso?

—Puedes pensar lo que gustes. Érika es una chiquita formidable, y te ama. Cree que un día será tu mujer y que tu amor por ella es tan sincero que vas a romper con todo por ese amor —hablaba con suma lentitud, pero Juan ya sabía que cuanto más lenta fuese la voz de Borja, más amenaza ocultaba y más contundencia—. Te diré algo más, Juan, y no me pidas que sea más explícito, porque me estoy cansando. No me mueve hacia Érika nada que no sea una buena amistad. La aprecio de veras. Sé que es una chica sensible, honesta y que se entregó por amor. Hoy día, tampoco nadie se rasga las vestiduras porque la gente se case o se descase. Está a la orden del día. Pero si la amaras, ten por seguro que mandarías al diablo todo lo que ahora te es indispensable, como puede ser tu esposa y tus hijos. Los hijos no se pierden porque un hombre cambie de mujer. Eso es una soberana tontería. Y te diré más, que ya después te responderé a la alusión que haces referente a mi supuesto amor por Érika. Los hijos no son siempre pequeños, Juan; eso lo sabes perfectamente. Cuando crecen, juzgan y se van a vivir sus vidas, porque la vida es una cadena llena de eslabones que, si bien se unen unos a otros, llega el momento en que cada cual se va a su aire y hace lo que le acomoda. Lo que a ti te sucede no es que hayas dejado de querer a tu mujer, y tú mismo lo confiesas, lo que pasa es que de súbito te surge una jovencita pura, virgen y lindísima, y te dices: «¿Qué diablos hago yo con una sola esposa si a ésta ya me la sé de memoria? Voy a hacerme con esta otra, que es joven, preciosa y además la estoy adiestrando en el delicioso camino del amor». Y sin más, la conquistas. Pero lo peor no es eso. Lo lamentable es que ella se enamoró de ti de verdad, y tú sólo la utilizas para tus apetencias sexuales.

—Oye…

—Y ahora responderé a la alusión que has hecho. Si yo amara a Érika con amor de hombre a mujer, a secas y sin más añadiduras, te la disputaría con uñas y dientes, y me importaría un rábano que antes hubiese sido tu amante, porque

90

mi vida con ella contaría desde el momento en que la hiciera mía y ella me hiciera suyo; todo lo anterior sería el viento que sopla, destruye o levanta algo de polvo, pero, una vez disipado, se limpian los desperfectos y aquí no ha pasado nada. Ya sabes, Juan, que mi mentalidad no hace pareja con la tuya. Tú no soportarías que tu esposa te engañara, pero, dado como piensas, habrá mil hombres que piensan como tú, y conquistar a tu mujer quizá les resultara fácil, dada la vida de ocio que tiene.

Juan se tensó y miró como despavorido a su amigo.

—¿Cómo te atreves a suponer que Diana me puede ser infiel? Oye, Borja, te puedo permitir muchas cosas, pero ésa… nunca.

Borja no se inmutó en absoluto.

Pero sí dijo:

—Es curioso, Juan, que te hable en sentido metafórico de un supuesto o hipotético engaño de tu mujer, y que te sulfures así, y en cambio no te importa engañar a Érika y dices amarla con todas tus fuerzas.

Juan se aplacó.

—Es diferente —dijo, cohibido.

—Por supuesto. Lo es desde tu punto de vista totalmente carpetovetónico, pero desde el mío es exactamente igual. Son dos mujeres con una diferencia de diez años, lo cual da, a fin de cuentas, margen para ser más maduro y obrar en consecuencia. Tu esposa es vulnerable, como cualquier otra, con la ventaja de que ella tiene dinero, y Érika un sueldo que tú mismo estás poniendo en juego. Y hay algo peor, que en este caso es lo que yo condeno de todos los hombres como tú, y es que cortejan fuera de casa y respetan al máximo lo que dejan dentro de ella, con un respeto muy acomodaticio y muy ochocentista… Es muy curioso, Juan. Tremendamente curioso. Si yo te digo que Érika te engaña, pues te enojas, la dejas y aquí no ha sucedido nada. Es más, si me apuras, hasta pensaré que intentarías echarle más fango encima. Pero, ¡caramba!, que nadie toque la reputación de tu mujer, es sagrada. Pues te diré que el amor no mide lazos ni situaciones legales. Es amor sin más, o eso debe ser, digo yo, si es sincero.

—¿Por qué, en vez de a metomentodo, no te has metido a jesuita?

—Porque no tengo vocación; en cambio, tengo todo en el sitio donde debe estar y lo uso como cualquier otro ser humano masculino. Con la diferencia, en cuanto a ti, de que no se me ocurriría tener dos mujeres, a las cuales tú engañas por igual, también con la diferencia (y es curioso que siempre existan esas diferencias) de que con una duermes a la pata la llana y no la ocultas, y con la otra te regodeas en su lecho y la tienes muy escondida.

Juan se levantó de súbito sin probar los pimientos rellenos que acababan de servirles, pero Borja los atacó y elevó un poco la cara para mirar a Juan, erguido ante él.

—Ya lo sabes, o hablas tú o hablo yo. Y siempre es más piadoso que hable el hombre que dice amar. Un amigo resulta muy engorroso si se inmiscuye en algo que no debiera irle ni venirle, pero a mí me va, y me va por la inmensa dimensión humana de Érika. Has tenido mala suerte, Juan. Te has enamorado de una amiga mía, a quien estimo de veras.

—Maldito seas...

—Puedes maldecir cuanto gustes, pero ve y dile a Érika que la quieres, si es verdad que la quieres, que yo lo dudo mucho, pero añadirás que la estás engañando, que jamás te divorciarás de tu mujer, a quien quieres a tu modo, porque tu situación social te impide dar la campanada, y que tu dinero, tu suegro y tu vida social no son como para tirarlos a los cuatro vientos, y quedarte sin un duro, una amante que mantener y mandar al garete un puesto de elevado rango social.

—¿Sabes lo que te digo, Borja? Maldita la hora en que topé contigo en Londres.

—Pues ya ves por dónde, yo me alegro mucho. Te tenía en un alto concepto y espero seguir teniéndote, porque estoy seguro de que de ahora en adelante vas a quitarte la careta y serás sincero.

* * *

Juan, inesperadamente, volvió a sentarse, si bien retiró el plato con los pimientos rellenos, que tenían una cara de película gastronómica y un olor que resucitaba a un muerto.

—No comprendo, ¡maldita sea!, no, que digas tales cosas, que me estés insultando y desafiando y comas con tanta tranquilidad, que digas todo eso sin esforzarte y yo me sienta culpable sin haber hecho otra cosa que amar.

Borja esbozó una sonrisa, y a la vez que pensaba en el cinismo de Juan, pensaba que los pimientos estaban de un sabroso increíble y el «Viña Tondonia» sabía a néctar puro.

—Eso de amar, Juan, es muy relativo en ti. Pero yo no voy a matizarlo, ni soy hombre de dramas lorquianos o shakespeareanos. Soy un tipo realista y poco dado a alterarme. Además, cuanto más grita mi interlocutor y más se enoja, más me amanso yo y menos grito. Es una forma como otra cualquiera de usar la civilización. Y yo soy un tipo civilizado con una mentalidad actual. No me engaño a mí mismo para vivir pasiones ocultas. Tengo un alto concepto de la amistad, por eso tengo muy pocos amigos, pero que muy pocos. Pero los que tengo los defiendo a capa y espada, y más cuando los veo humillados y maltratados. Nadie me pide que me meta a redentor, pero hay asuntos que claman al cielo y, por supuesto, no hay dinero que pague la dignidad humana. Y tú te lo saltas todo a la torera, lo vives, lo disfrutas y, además, para mayor inri, lo cuentas.

—Yo te consideraba mi amigo —se defendió Juan—. Por eso te lo conté.

—Claro. Pero da la casualidad de que yo, con los años, no he cambiado. Me hice, si acaso, más pensador, lógicamente más maduro, más humano. Y no soporto ni las mentiras ni las falsedades, y menos aún que se abuse con promesas de seres que creen en los demás. Es el caso de Érika, por ejemplo. Ya ves, yo la conozco tanto como tú. Es decir, que llevo estudiando en la misma academia doce meses y algunas semanas más, y entre todo el personal que acude a esa academia en horas diferentes, quiso el destino que yo tuviera a mi lado a una linda chica, joven, bien colocada y con ganas de vivir y de amar. Y mil veces, al conocer su relación con un tipo casado y con hijos, le aconsejé que lo dejara, pero ella espera, naturalmente, que su «novio» (ella no te considera amante) se divorcie de su esposa y se case con ella. Ahora resulta que el «novio» le dice que hay que esperar, porque la esposa dice que no se divorcia. Y nadie ignora el tiempo y los trámites que todo eso significa cuando uno de los cónyuges dice que no...

Y como Juan sólo le miraba enfurecido, mansamente Borja comentó:

—No sabes lo que te pierdes no probando los pimientos. Están de película gastronómica.

Juan se levantó de nuevo. A punto estuvo de derribar la silla, pero la sujetó a tiempo para no llamar la atención.

Borja sólo elevó su mirada negra y firme, que era tan categórica como su voz.

—Elige. Tienes tres opciones. Decir la verdad y añadir que jamás dejarás a Diana. Si, en este caso, Érika se conforma, aquí paz y después gloria, porque cada cual ha de ser cada cual y vivir como le dé la gana. La segunda, dejarlo todo y no aparecer más por su vida, y la tercera, que es callarte y seguir como estás. Entonces, dispongo yo de la cuarta opción, que sería contundente y no sé si ya te imaginas qué cosa haría sin ruborizarme y con toda la aplastante realidad de este mundo lleno de mentiras y desazones.

—Que sería buscarnos a los dos juntos…

Borja elevó la mano y la agitó en el aire. Era delgada, fina, larga y morena.

—No. Sería muchísimo peor. Entonces sí que te jugarías el puesto, el matrimonio y me temo que a Érika.

—¿Qué cosa sería ésa que harías? Porque, a fin de cuentas, ya me estás dando la sensación de que jamás has sido mi amigo.

—Yo soy amigo de las personas, de muy pocas, ya te lo indiqué, cuando merecen mi amistad, pero se la niego categóricamente cuando considero que no la merecen, y tú no la estás mereciendo.

—Es lo extraño, Borja, que cuando te lo conté en el avión no le diste demasiada importancia.

—Es que no la tenía. Y no la tenía porque no conocía a tu amante. Y si te lo digo la verdad, tampoco creí lo que contabas con referencia al desinterés económico de tu amiga. Pero yo sabía todo el asunto de Érika por ella misma, y conocía, por supuesto, su esperanza de futuro. Ésa es la razón de que te haya invitado a comer, y ahora te puedes marchar, que yo comeré tus pimientos.

Juan se sujetó en el respaldo de la silla que había ocupado, de tal modo que los nudillos de sus manos se ponían blancos.

—No me has dicho aún qué opción te queda a ti.

—Tu suegro. No dudaré un instante en visitarle. No lo conozco de nada, pero un empresario jamás deja de recibir a un enviado de una multinacional inglesa…

—Eres un cerdo…

—No lo creas. Jamás me sentí más hombre honrado que ahora, en este instante. Si me conoces bien, sabes que no digo las cosas por perder el tiempo, ni gasto frases vanas. No es mi estilo —y como el camarero cruzaba por allí y él había terminado con los pimientos de los dos, dijo—: La cuenta, por favor —luego, mirando a Juan, que parecía una estatua ante él, aún asido al respaldo de la silla con los dedos crispados—: Podemos tomar el café en cualquier cafetería de camino al apartamento de Érika.

—¿Qué?

—Ya llega el camarero. No levantes la voz. No merece la pena.

Y con las mismas, sereno y mayestático, entregó la tarjeta de crédito y se quedó sentado ante un Juan lívido y erguido.

—Me has robado la hora de ver a Érika —dijo Juan, fuera de sí—, y ahora me tengo que ir al aeropuerto, porque me voy a Marbella.

—O sea, que ya no ves este fin de semana a Érika.

—¿Cuándo te alteras? ¿Cuándo gritas? —decía Juan, mordiendo cada sílaba—. ¿Cuándo hay alguien en este mundo que te haga salir de tu maldita frialdad?

—Nada ni nadie. Yo vivo más en un país donde los hombres son flemáticos, donde hacen lo que les conviene sin alterarse en absoluto. Algo se me habrá pegado, querido amigo.

Le trajeron la tarjeta y la nota, que firmó; lo guardó todo y dejó una propina.

Después se puso en pie. Era bastante más bajo que Juan, pero la furia expresada por éste le restaba personalidad, y la inmutable frialdad de Borja aplastaba por completo el atractivo de su amigo.

9

—Podemos tomar el café aquí, en la barra —decía Borja, como si jamás hubiera amenazado al amante de Érika—. Fuera, el calor es insoportable. Aquí funciona un aire acondicionado que da gusto. No puedo acompañarte al aeropuerto. Como veo que tienes auto ahí, comprendo que te irás solo y que no podrás visitar a Érika hasta el domingo por la noche.

—Jamás tropecé con una persona como tú —barbotó Juan, acodándose en la barra con ira incontenible—. Debí entender que no habías cambiado. Que yo tenía que recordarte como cuando, en el piso que compartíamos, eras capaz de estudiar una noche entera y a la mañana siguiente estar más fresco que los que habíamos dormido ocho horas. Y recordar, también, cuando nos íbamos de juerga, y nos emborrachábamos, que tú bebías tanto como nosotros pero no perdías jamás el control. No, no debí ser sincero contigo, Borja. Debí pensar que, para ti, como siempre ocurrió, existían cosas bien hechas y cosas mal hechas y que jamás entendiste de términos medios.

—Te equivocas. Soy la persona que mejor entiende los términos medios, pero sólo cuando son lógicos y aceptables. Y te diré, por lo que hace al pasado, cuando tanto os emborrachabais y provocabais un escándalo descomunal, que parecíais payasos. Yo me limitaba a beber lo que podía digerir, pero jamás bebí hasta perder el control, porque, al veros tan ridículos, me negaba rotundamente a ser uno más de vuestro grupo de imbéciles dominados por un vicio estúpido. Lo siento, Juan. Si así he sido cuando carecía de madurez, pero tenía mi criterio formado por mí mismo, no iba a perder mi equilibrio humano por haber crecido unos años más, sino todo lo contrario.

—¿Nunca has pecado? ¿Tan limpio te consideras? ¿Tan perfecto?

—Yo, en tu lugar, no levantaría la voz. Nos están mirando. Y mi expresión es tan plácida que pensarán que tú te has vuelto loco.

—¡Maldito seas!

—Pues bueno, maldíceme cuanto gustes, pero hazme el favor de ser sincero con Érika el domingo por la noche cuando regreses de visitar a tu familia… ¿Sabes, Juan? Si yo fuera tu mujer, te convertiría en el toro de Mihura más formidable del mundo.

Juan elevó una mano.

Pero Borja se la sujetó sin aspavientos.

—Perder el control sólo servirá para que a la vez pierdas el avión… También quiero decirte algo más en cuanto a Érika. De no haberte visto, de no haberme contado tus asuntillos extramatrimoniales, un día u otro te hubiese relacionado… hubiese sido peor. De todos modos, defenderé a Érika por encima de ti y de cuantos pretendan embaucarla. ¡Ah! Pero si te divorcias de tu mujer y te casas con ella, como espera, y la haces feliz, ten por seguro que no me verás en toda tu vida. Que, lejos de ti, te estaré bendiciendo.

—Pero —se desesperaba Juan—, ¿es tu hermana, acaso?

—Ahí tienes el café. Azucáralo y tómalo. Aunque, con el estómago vacío, no sé qué desastre te provocará.

—Eres el flemático más duro que he conocido en mi vida.

—Te aseguro que tengo un alto concepto de la amistad, y a quien se la entrego no le escatimo nada.

—Pero tú fuiste amigo mío antes de serlo de Érika.

103

—Claro que sí. Además firmé como testigo de tu boda y sé que te casabas enamorado, pese a cuanto se comentó en contra. Lo raro es que, habiéndote casado enamorado, hayas dejado de estarlo, y sólo quieras, según tú, a tu mujer.

—Te lo dije —se apaciguó Juan, desesperado, tomándose el café en dos largos sorbos—. Te lo dije en el avión. Somos muy diferentes. Ella siente debilidad por su vida de siempre. Yo detesto esa vida. Ahora mismo yo tendría que estar con Érika, resarciéndome de cuanto voy a encontrar en Marbella. Y tú me has robado las horas que yo más anhelo en todo el día y en toda la semana.

—Juan… yo no soy tu enemigo; solamente soy amigo de Érika. Por tanto, sé sincero y rompe con todo lo tradicional, con todo ese sistema reaccionario que aún vivís en vuestra sociedad particular. Te quedarás sin dinero, sin empleo y, eso es seguro, te quedarás sin hijos, hasta que sean mayores y decidan por sí mismos. Te quedas al margen de la sociedad en la que vives, pero tienes un amor fresco, sincero y verdadero: el de Érika. Ya ves que yo no la amo con ese amor sentimental. No me siento con fuerzas para hacer feliz a una mujer. Tengo cinco años menos que tú y, perdóname que te lo diga, más sentido común y más madurez. El día que me case, si es que me caso, que lo dudo, en cambio no dudo en vivir con una mujer en régimen de pareja, la querré tanto que todo lo demás me importará un rábano. Pero eso sí, le seré fiel, porque, si yo no lo soy con ella, maldito lo que puedo esperar que ella lo sea conmigo. ¿Te das cuenta del abismo que nos separa a ti y a mí?

—No, no puedo ser como tú, Borja. No siento esa honestidad, esa firmeza, esa voluntad de caballo de pura raza semental… No soy así, ¿entiendes?

—Pues no grites. Dilo todo como se debe decir, serenamente. Si no puedes ser así con tu mujer, es asunto tuyo. Pero con Érika, por Dios vivo que lo vas a ser o te expones a perderlo todo de una sola vez; entonces también perderás el favor de tu suegro y la estimación de tu mujer, pero dejarás libre de mentiras a una persona que te ama de verdad y que has engañado. De una forma u otra, aún la sigues engañando.

—¡Maldita sea…! —miraba el reloj con expresión desesperada—. Voy a perder el avión.

—Y la fiesta que tendrá lugar mañana en Marbella Club, donde tú disfrutarás con tu mujer y tus amigos…

—Me consideras un payaso.

—Siempre lo has sido algo, pero creí que los años y el amor de Diana te madurarían. Tú tienes mucha fachada, Juan, y la explotas al máximo.

Es una lástima que no busques mujeres de tu edad para embaucarlas, y en cambio te hayas ido a fijar en una chiquilla honrada que soñó con formar un hogar y tener hijos de su marido.

—Tú crees que Érika… es lo que sueña… lo que desea…

—No lo sé. Pero juraría que sí. Pregúntale tú, y dile después que no tendrá jamás un hijo tuyo, porque de eso no entiendes, y que si tienes hijos será con tu esposa y con ninguna otra.

—Tú sabes que Érika sin un futuro, aunque se le parta el alma, me dirá adiós.

—Oye, pues tu deber es respetar la decisión de los demás y no acomodarla a tus propias decisiones.

—El lunes te invito a almorzar en este mismo lugar. Para entonces yo ya habré hablado con Érika.

—Lo siento. Yo me largo a Londres mañana a primera hora y no volveré hasta el miércoles. Espero que cuando el jueves me vea con Érika, me diga que habéis roto, o que has sido sincero y ella no puede prescindir de ti.

—O sea, que estoy obligado a eso.

Salían los dos.

—Lo estás. Buen viaje, Juan.

—Borja…

—¿Sí? —y ya abría su automóvil.

—Le hablare a Érika con sinceridad; verás cómo me soporta tal cual soy. Ya sé que tengo defectos, pero… la amo. Y la amo de verdad, aunque le diga mentiras. Pero mentiras sobre mi amor hacia ella no las puedo decir, porque lo siento como lo digo.

—Buen viaje, Juan. Ya sabes que el jueves yo me enteraré de si has sido sincero o no lo has sido. Y si eres sincero y Érika te acepta con esposa e hijos…, yo habré terminado mi labor samaritana.

* * *

Subió al vehículo y se alejó de allí.

Iba cansado de hablar, de insistir tanto sobre lo mismo, de decir aquellas cosas que a él ni le iban ni le venían. Pero se trataba de Érika, y saberla engañada le ponía la piel de gallina. A fin de cuentas, una vez Érika supiera que tenía un amante y no un futuro novio, cosa de ella era dejarlo o continuar. Pero, al menos, que las situaciones se aclarasen.

Se marchaba a la mañana siguiente, y aún no había hecho su maleta. Por eso, una vez en su apartamento de la avenida de Islas Filipinas, sacó la maleta y el maletín de viaje y se puso a extraer las prendas necesarias del armario.

De súbito decidió poner el contestador automático en marcha, pues Law solía dejarle mensajes, sobre todo cuando le tocaba viajar a Londres. A Law le encantaban el queso español, los embutidos y algún detalle para su actual compañera, Peggy. Una buena chica, aquella Peggy; además tenían la enorme ventaja de que trabajaban juntos en la misma empresa y estaban muy nivelados en cultura y conocimientos comerciales. Porque mientras en España las mujeres ejecutivas se podían contar con dos docenas de manos, tanto en Inglaterra como en América no se contaban ni con mil docenas de manos. Peggy era, junto con Law, una ejecutiva de envergadura, especializada en temas nucleares. Y se amaban franca y voluntariamente. Es decir, que en ellos no había ataduras legales. Incluso, una vez al año, cada cual se iba por su lado y al reencontrarse jamás se preguntaban dónde habían estado ni lo que habían hecho. Es decir, que si lo contaban voluntariamente era cosa de cada cual, pero jamás se lo exigían el uno al otro.

Pero algo existía, pensaba Borja, que se diferenciaba de la mentalidad española. Y era precisamente lo más valioso: que la fidelidad imperaba en la pareja. Y si uno de ambos dejaba de amar, lo decía con franqueza o se marchaba con toda la amistad del mundo, que solía dejar en la persona que ya no le ofrecía calidad sentimental alguna.

Pulsó la tecla y oyó el mensaje de Law.

—Borja, tráeme los embutidos que te encargué. Peggy dice que no te olvides del mantón de Manila que te pidió el mes pasado. Según ella, ya lo has comprado. Te ruego, pues, que no lo olvides en un rincón del armario. Ah, no te olvides de la relación de clientes que tenemos en Madrid. Es importante que la tenga en mi poder el lunes por la mañana. Tampoco te olvides de la llave del apartamento, pues nosotros nos marchamos el fin de semana y volveremos el domingo por la noche. Si no tienes callos en los dedos, dispón una comida sabrosa. Buen viaje y hasta el domingo.

Iba a cortar cuando de súbito oyó la voz de Érika.

Se quedó tenso.

Y él no se tensaba con facilidad…

Se sentó de golpe y escuchó el mensaje.

Miró la hora en su cronómetro.

Era tarde. Las nueve. Pero aún lucía el sol: tendría cerca de dos horas más de vida antes de que se pusiera y ocultara del todo.

Entre la comida, que se dilató horas, y el café después de la oficina y disponer todo lo que le pedía Law, había perdido mucho tiempo.

Pero también se exponía a que Juan cambiara de parecer, y que, en vez de irse a Marbella, se

fuera al apartamento de Érika a decirle todo cuanto era su deber decir.

Dudó aún. Y él no era hombre de dudas. Pero
también sabía que bien podía ser el día anterior
o por la mañana cuando Érika le había dejado el
mensaje en el contestador.

De todos modos decidió marcar el número de
Érika.

Casi en seguida oyó su voz.

—Érika, soy Borja.

—Sí, sí.

—Llego ahora. Ya sabes que paro poco en el
apartamento. Puse el contestador y…

—Perdona, Borja. Cuando te llamé estaba inquieta.

—¿Por qué?

—Cosas que suceden.

—Pero ¿qué cosas?

—Mías, Borja, mías. Pienso, y no dejo de pensar, y sufro mucho… Pero no te molestes.

—¿Ha… sido tu amigo…?

—No. No. Acaba de llamarme por teléfono.
Ya está en Marbella. Me ha dicho que se entretuvo con un amigo. Que, en vez de mañana, tenía
necesidad de irse hoy, y que no podía exponerse a
perder el avión.

—Es lógico, si lo esperaba su familia en Marbella…

—Tengo la esperanza de que todo esto termine pronto. No me soporto viviendo así, de sobresalto en sobresalto. Te llamé por eso, Borja. Pero ya estoy más sosegada. Después de que él me llamó ya estoy más tranquila.

—Yo me voy mañana por la mañana. A primera hora. Y no vuelvo hasta el miércoles, lo cual quiere decir que no te veré hasta el jueves por la tarde en la academia. Ya me contarás. Pero, si quieres, voy ahora a tu casa. Dispongo de tiempo. Meto las cosas en la maleta, lo dejo todo dispuesto y si te apetece cenamos juntos esta noche en cualquier parte.

—No, no, Borja. No extorsiones tus hábitos ni tus planes por mí. Es que yo, a veces, me pongo de un sensitivo exagerado, pero me digo que no tengo razones y me tranquilizo.

—De todos modos es mejor que salgamos un rato. Yo no he cenado aún. Almorcé con un amigo. Y ahora estoy disponible.

—Es que no seré una compañera amena, Borja.

—Si sólo buscáramos compañeras amenas, los amigos no serviríamos para nada.

—Tienes razón. Pero tú déjalo, estate tranquilo. Ya estoy más sosegada.

—¿Qué dudas? ¿Qué cosa te ha sensibilizado tanto, Érika?

—¡Qué sé yo! Mi situación. No me gusta mi situación. No me acepto así…

—Mira, será mejor que te vistas, si es que no lo estás. Estaré en tu portal dentro de media hora. Yo ya estoy listo para salir. Me gustará entretenerme durante una cena en un lugar fresco. Cuando pulse el portero automático, baja, por favor.

—Pero tú tenías tus planes, Borja. Y yo no seré una compañera divertida.

—Yo no busco diversión en ti, Érika. Eso lo sabes perfectamente. Busco ayudarte, orientarte, si sé…

—No lo ignoro, Borja. ¿Sabes? Pienso que hice mal contándote mis cosas. Nadie tiene derecho a inquietar a los demás con sus propias inquietudes.

—Es que si hicieras eso no serías mi amiga de verdad. Y los amigos de verdad están para ayudar a los que uno considera como tal.

—Está bien.

—¿Me esperas? No hay tráfico, porque Madrid está casi vacío. En menos de media hora estoy aparcado ante tu portal. Baja dentro de veinte minutos.

—¿De verdad, de verdad no te extorsiono?

—¿Eres tonta?

—Verás, es que… él quedó en venir. Ya sabes. Pero no pudo. Me pregunto ahora si no pudo o no quiso, o si su mujer se enteró de lo nuestro y le está haciendo la vida imposible.

Borja, escuchando todo esto, no podía menos que recordar la visión de Diana junto a un desconocido en aquel Vips...

Pero en voz alta únicamente dijo:

—Será mejor que tengas calma y esperes. Esta noche doy palabra de hacerte olvidar esas pesadillas, porque, sea cual sea la verdad, ya verás cómo reluce por sí sola. De todos modos me gustará preguntarte qué harías en el supuesto de que la esposa de tu amigo no conceda el divorcio, de que tu amigo prefiera a su mujer antes que a ti, o de que...

—Por favor, Borja.

—Está bien. Lo hablamos tranquilamente y en paz.

—Es que no sé por qué tú sosiegas mi equilibrio exaltado.

—Pues me siento muy afortunado si lo consigo. Hasta ahora.

Treinta minutos después, Érika subía al coche de Borja, y aquél se alejaba en la silenciosa y oscura noche madrileña, porque entre una cosa y otra eran muy cerca de las once...

10

Se hallaban en una pizzería de la periferia. No había mucha gente, ya que Madrid en agosto se queda prácticamente vacío. Lo que más abundaban eran los esposos solos que visitaban a sus mujeres los fines de semana, y como era viernes... ni siquiera estaban los señores solos o... acompañados de esas parejas que se suelen buscan en las soledades veraniegas demasiado calurosas.

—Estás pálida, Érika —le sonreía Borja con aquella suavidad suya que era mucha y expresiva cuando a él le daba la gana, y sobre todo cuando la sentía, y por Érika, él sentía una gran admiración; más aún después de saber que el hipotético futuro esposo era un tipo embustero y falso como Juan—. Si no me marchara mañana te invitaría a tomar el sol en una piscina pública, pero te aconsejo que lo hagas sola.

—No tengo deseo alguno de mezclarme con nadie, Borja. Si te digo la verdad, me siento como muy aislada, como muy decepcionada. Juan quedó en venir esta tarde, pero se fue sin verme.

—¿Juan? ¿Se llama así, Érika? Tal vez... le conozca.

Érika parecía muy lejana, muy sensibilizada. Y, lógicamente, lo estaba, y mucho, porque la indecisión y la situación que ella vivía no le agradaban nada.

—¿Qué más da que le conozcas o no, Borja? Si eso es lo de menos. El caso concreto que provoca mi indecisión y malestar es el vacío en que vivo. Soñé montones de cosas en mi vida. Toda adolescente sueña. Me preparé para ganarme bien la vida. Mi padre no me escatimó nada; me educó para que fuera yo misma. No sé cómo explicarte eso. En principio, cuando me daba tanta libertad, pensaba que no me quería, que para él contaban sólo sus dos hijos gemelos, los que tuvo con su segunda mujer. Pero fui madurando y comprendiendo y sabiendo que papá no deseaba para mí una vida gris como la suya. Pensaba que me pagaba los veranos fuera de España para quitarme de en medio. Y sólo cuando tuve sentido común, y desgraciadamente para mí lo tuve demasiado pronto, por vivir en soledad, comprendí que lo que papá pagaba le costaba a él prescindir de muchas cosas… Su misma esposa fue liberal conmigo, me aconsejó bien, y yo creía que lo único que deseaba era que desapareciera y que prefería gastar el dinero a que me quedara a su lado.

—Y todo eso lo fuiste comprendiendo a medida que transcurría el tiempo y tu… novio casado te maduraba.

—Pues sí, claro. Me pregunto qué diría papá si supiera que todo cuanto hizo por mí no sirvió de nada.

—Pero si te daba libertad y una educación, digamos europea…, tendría que comprenderte si conociera tu situación actual.

—Papá vive en provincias. En esos lugares, las tradiciones, los prejuicios y todo eso abunda, pero papá siempre se ríe de esas cosas; le importan un rábano. Recuerdo que en una ocasión, cuando aún vivía con ellos, surgieron unos comentarios sobre una chica joven que se quedó embarazada y su novio la plantó. Aquello provocó un escándalo mayúsculo. Papá sólo comentó con brevedad: «Tendrían que entrar en los hospitales y ver la miseria física que allí se encierra. Seguro que entonces considerarían este asunto una menudencia».

—¿Y pensaba igual su segunda mujer, Érika?

—Pues sí. No tienen grandes relaciones, pero son felices a su manera. Papá se dedica a su profesión, y su esposa le entiende. Eso lo comprendí yo hace dos años, cuando pasé unos días con ellos antes de colocarme en el lugar donde ahora trabajo.

—¿Que es…? ¿O me lo has dicho?

Érika le miró con suavidad. Tenía unos ojos preciosos, de un verde diáfano. Era lo que más descomponía a Borja. Aquella diafanidad que estaba mancillando Juan Beltrán sin piedad de ningún tipo. Porque él pensaba que quizá Juan la amase, ya que no concebía que alguien conociera a Érika y no la estimara en su justa medida y cuanto ella se merecía. Pero también sabía que Juan jamás destruiría su hogar y su vida fácil por amor a otra mujer.

—No te lo he dicho, Borja. No. Pero no creo que tenga demasiada importancia que lo sepas o no. Él se llama Juan. Durante un año (llevo dos en ese trabajo), yo estuve a las órdenes de su suegro. Un señor serio, cerebral, y humano al mismo tiempo. Jamás lanzó sobre mí una mirada equívoca. Jamás. Me consideró como a todo el personal de las oficinas. Luego él decidió que se retiraba y que se marchaba a dar la vuelta al mundo.

—Y no ha vuelto, ¿verdad?

—No. Ni creo que regrese a Madrid, porque yo sé que tiene casa en Ibiza, le gusta el ambiente. Ya ha trabajado toda su vida. Se contaba al principio por la oficina que tenía a raya a su yerno, que no estuvo nunca de acuerdo con la boda de su única hija y que al fin le ofreció su confianza y se fue dejando a Juan en su sillón.

Y como se callaba, Borja murmuró:

—Y fue cuando tú conociste a ese Juan.

—Pues sí.

—¿Te buscó desde el principio? Porque tú tenías que saber que era casado.

—Claro, claro. Él nunca lo dijo, hasta mucho después, pero empezó a hacerme confidencias, a contarme su vida, sus amarguras… Que si su esposa no le comprendía, que no tenían punto alguno de afinidad, que era un desgraciado, que vivía el desamor. Ya sabes, esas cosas que se suelen decir para convencer de que necesita una amiga espiritual.

* * *

Hubo de callarse, porque, de repente, Borja la atajó con acento duro, cosa rara en él, que jamás se alteraba por nada.

—Y tú, con diecinueve años, caíste en la trampa, ¿no?

—Borja, si lo sabes todo, ¿por qué te asombras tanto esta noche de algo que ya conoces?

—Perdona. Es muy cierto. Total, que empezaste a tomar el café con Juan, después aceptaste una comida, escuchaste todas sus lamentaciones y al fin te prometió que se divorciaría de su mujer y se casaría contigo.

—¡Es que todos los hombres hacéis igual cuando deseáis acostaros con una chica, Borja!

—No hables en plural —pidió el aludido con serenidad—. Yo no conquisto nada. No voy a la caza de una sesión sexual. Cuando me apetece y encuentro quien me escuche, lo digo abiertamente. Si me acepta, bien, y si me rechaza, me quedo tan tranquilo. Afortunadamente nunca deseé fervientemente un amor, una pasión, una noche de amor. No he sufrido por amor, Érika, y me siento satisfecho de ello. Pero si un día me caso, que lo dudo, no le seré infiel a mi mujer. Porque si se lo tengo que ser, antes de llegar a ello se lo advierto y le pido civilizadamente que me deje libre.

—Es lo que Juan hará.

—Pues estupendo. Y tú le quieres tanto que te casarás con él tan pronto puedas, y no te has detenido a pensar que quizá dentro de un año, cuando ya te sepa de memoria, te hará a ti lo que ahora le está haciendo a su mujer…

—¡Borja! Estás rarísimo esta noche. Pensé que me ibas a consolar, pero me estás metiendo miedo.

—Perdona. Sí, sí, discúlpame. En realidad, siempre estuve en contra de las falsedades y siempre temo que los listos se pasen de listos. Tú, aclara la cuestión con ese Juan. O dime, y esto dímelo con la franqueza que merece nuestra inmensa dimensión amistosa, ¿qué harás si Juan te dice que le tienes que aceptar así, por la puerta falsa de su vida?

—Es que, de momento, es lo que estoy haciendo, ya que ella le niega el divorcio.

—Vamos a matizar eso, ¿quieres? Aunque tenga que marcharme de aquí para el aeropuerto, me gustaría aclarar esas cuestiones contigo. O somos amigos o no somos nada, y yo me siento sinceramente tu amigo. Tú no estabas obligada a contarme tu intimidad, pero me la has contado. Por tanto, yo estoy en ella casi tanto como tú misma, y cuando se confía en alguien es que se cree en la amistad de ese alguien.

—Yo creo en la tuya, Borja. ¿Es que lo dudas ahora? Claro que nunca estuve obligada a contarte nada, pero si una no tiene un amigo en quien confiar, se muere de pena.

—Bien, pues como somos amigos, vamos a profundizar en la cuestión de tu vida. Tú ahora vives ese romance.

—No, no, Borja. No es un romance. Es un amor. El primer amor de mi vida, mi primera situación sexual, mi intimidad más absoluta...

—Pero eres la otra, ¿no?

121

—Espero que Juan convenza a su mujer. Creo que ninguna mujer que se sepa engañada puede negar a su esposo la libertad.

—Pero hay otra situación que estamos viendo todos los días, Érika. Los maridos dejan de amar a sus esposas, y por la razón que sea se enamoran de otras. ¿Que la esposa no le da el divorcio? Bueno, pues que se quede con él. Pero el marido la deja tranquilamente y se une y vive con su amor de verdad. Son cosas normales; te lo aseguro. Y si bien antes no ocurría en España, porque estaba, como si dijéramos, perdida en el Tercer Mundo, hoy es cosa corriente. Si un hombre no es feliz con su mujer, e igual pienso si el caso es a la inversa, se rompe con todo y a otra cosa.

—Juan tiene dos hijos.

—¡Oh, sí, por supuesto! No me olvido de ese detalle. ¿Y cuántos padres no se separan y los hijos comparten la vida de ambos alternativamente? Conozco muchos casos. Además, hijos que, llegado el momento de juzgar, terminan por querer más a los compañeros de sus padres que a sus propios padres. Esto lo estás contemplando a diario en montones de vidas humanas.

—Yo preferiría que todo marchara por el buen camino. Que la esposa de Juan comprendiera, que los hijos se adaptaran a tener dos madres.

11

Como Borja hacía una pausa, Érika, temblando, susurró:

—Borja, por favor, ¿qué me quieres indicar?

—Te estoy contando un caso.

—Pero no es el mío.

—¿Estás segura? Juan te adora, pero tiene hijos, esposa, una vida social cómoda, un suegro que no le permitirá sentarse en el sillón de director si abandona a su esposa. Por tanto, hay dos opciones. O la compañera extraoficial acepta todo eso, o lo deja. Y ella no lo deja, pero a los cuarenta y cuatro años mira hacia atrás y sólo ve un gran sacrificio estéril, una tumba donde yace su amante, amigo, compañero o como gustes llamarle, y un vacío insoportable. Ha perdido la oportunidad de ser madre, de realizarse como mujer, y ha sido toda su puñetera vida una amante escondida. Y, para colmo, ni siquiera puede presidir el duelo en el entierro del hombre a quien entregó toda su juventud…

—Es decir, que me ves en el puesto trasero con una pálida flor en la mano, y yo fui, a fin de cuentas, quien endulzó la vida de ese hombre… y a su muerte me convierto en un ayer de nada.

—Ni más ni menos.

—No, Borja, no. Yo no vivo ese caso. Yo sé que Juan lo dejará todo por mí. A mí me duele que renuncie a su hogar, a su bienestar social, a sus hijos, pero… no soy capaz de evitarlo.

—Y si él no abandona nada —se enojó Borja por primera vez—, ¿seguirás siendo su amiga… sentimental?

—Borja, ¿por qué te empeñas en ser tan pesimista?

—Vamos, se hace tarde. No te he divertido, Érika, y bien que lo siento. No soy un fatalista, soy un realista: siempre prefiero ver las cosas torcidas por si vienen así no asombrarme. ¿Entiendes?

—Dudas de mi amigo, ¿verdad?

—Pues sí. Dudo. El jueves, ya me dirás en qué queda todo esto. ¡Ah! Te quiero hacer una advertencia. Sí, por la razón que sea, Juan no se comporta abiertamente y te ves sola, no dudes, pero nada de nada, en venir a mí. Yo te ayudaré a salir del hoyo en el cual quizá te meta tu amigo sin que te percates.

—Confío en Juan plenamente; de lo contrario no lo amaría.

—Ojalá aciertes. ¿Nos vamos?

Salieron juntos.

Ella vestía un traje de seda floreado, calzaba sandalias y llevaba colgado al hombro un bolso de paja. Era esbelta y delgada, y, vestida con aquel modelito vaporoso, parecía talmente una cría. Por primera vez, Borja frunció el ceño. Érika era una chica encantadora, espiritual, y estaba enamorada. Dudaba él que todo aquello pudiera disiparlo Érika ante la franqueza que él le había pedido a Juan, suponiendo, naturalmente, que Juan, al fin, fuese sincero, que lo dudaba mucho, porque él, en el fondo, creía en el amor que su amigo le tenía a la joven, pero también creía en la familia de Juan y en que no era tan infeliz como le contaba a Érika. Era el arte de todos los maridos que desean tener una amiguita, y si era gratis como aquella, mucho mejor.

Ya en el auto, Borja conducía en silencio. Érika, inquieta, se volvió hacia él, preguntando:

—¿No estás enfadado? Parece que no te ha gustado nada de lo que yo dije referente a lo que has planteado.

—No se trata de eso, Érika. Se trata de algo tal vez más profundo. Yo no me enamoré nunca; me he preservado en defensa de mi individualidad, de mi independencia. No tengo nada contra la institución matrimonial. Además, prefiero tener una familia numerosa el día que decida dejar mi soltería. De momento, me gusta vivir como vivo: unas veces en avión; otras en tierra; las más en solitario. Pero si sigo tratándote a ti puedo enamorarme, y prefiero no amarte.

—Tú nunca te enamorarías de una mujer que fue… amante de otro hombre…

Borja la miró de modo sarcástico y a la vez aminoró la marcha.

—Verás, Érika, yo también tengo mujeres. No fijas, por supuesto. Los hombres tenemos lógicas necesidades fisiológicas y biológicas y buscamos siempre dónde saciar apetencias de ese tipo físico. Si esto ocurre en nosotros, no tiene en modo alguno por qué no ocurrir en las mujeres. Pero verás la opinión que tengo yo sobre el particular. Uno se da una ducha, las bacterias se disipan, y se vuelve a empezar. Una cosa diferente sería que una mujer prometa fidelidad a un hombre y se la pegue con cualquier otro. Eso sí es imperdonable. También te diré que, para mí, la virginidad está en el cerebro; no en una membrana invisible. ¿Entiendes eso?

—Juan no lo entiende así.

—Claro. Es que Juan se rompería a patadas y rompería a su mujer si ella le engañase.

—Te refieres al engaño de la esposa legítima…

—Claro, y de paso, ¿por qué no?, también a su amante.

—Tú no crees en el amor de Juan.

—Sí, sí creo. Por todo lo que me cuentas y que yo voy coligiendo, creo firmemente. Pero también creo en su egoísmo, y se me antoja que entre que le engañes tú y que le engañe la esposa, prefiere mil veces que le engañes tú.

—¡Borja!

—Ya hemos llegado, Érika. Nos veremos el jueves próximo en la academia.

—Borja, ¿qué te pasa?

—Si te lo digo, te asombrarás.

—Pues dilo. Si a estas alturas vamos a perder la confianza el uno en el otro, me sentiré muy decepcionada.

—Tengo un hermano que es director ejecutivo en una multinacional londinense, en la cual trabajo y en la cual pienso llegar lejos… Tengo ambiciones, que son muy lógicas. Pero no te iba a hablar de ambiciones, sino de lo que dice y piensa mi hermano Law. Dice que entre un hombre y una mujer amigos nunca es sólida esa amistad, porque un día u otro despierta el instinto, el deseo o la pasión… ¿Vas entendiendo?

—No.

—Es lógico. A ti te formó un reaccionario.

—¿Qué dices?

—Que desciendas, Érika. Que buenas noches, y que no tengo yo la caradura ni el cinismo de romper en pedazos algo que para ti es necesario y precioso.

—El amor a Juan.

—Pues no. No iba yo por ese sendero. Iba por otro más tortuoso. De repente te he deseado, ya ves. Un deseo que podría ser realidad, si tú estuvieras de acuerdo, pero a ti te formó como mujer un hombre que no acaba de gustarme. Te han educado en libertad. Te dijeron esto es bueno y esto no, y tú lo has seguido al pie de la letra. Pero no te hablaron nunca de los términos medios placenteros que hay en toda pareja, en toda vivencia, en toda amistad.

—Borja, me estás asombrando mucho, y rompiendo en pedazos, como tú has dicho, algo precioso.

—Lo sé. Pero se compondrá solo, porque yo no seduzco. Yo pregunto: ¿quieres vivir conmigo una hora de sexualidad? ¿No? Pues tan amigos. Pero tú gustas. Y con todo el respeto del mundo te diré que entre yo libre y tu amigo casado y padre de familia, te sería más rentable amarme a mí.

—Borja, ¿es que estás buscando que te odie?

Borja hizo algo que no esperaba Érika. Y fue volverse hacia ella, alzar una mano, pasarla por el lacio cabello femenino, dejarla quieta en la mejilla de Érika y decir con la mayor ternura del mundo:

—Es muy difícil conocerte y no amarte, Érika. Pero no temas. Yo jamás te atropellaría, ni te pediría nada que tú misma no quisieras dar. No ha sido una broma, ¿sabes? Calas, ahondas fuerte. Pero yo soy hombre de voluntad, y también sé esperar y, además, estimar lo verdaderamente estimable. Tú eres estimable, Érika. Buenas noches.

Érika, emocionada, dijo quedamente:

—Gracias, Borja… Ojalá te hubiera conocido antes que a Juan…

* * *

Lógicamente, y dado el modo de ser de Borja, éste se olvidó durante días de Érika y el problema que ella vivía. Pero cuando lo recordaba sí que pensaba que Juan ya le habría dicho la verdad, se habría quitado la careta y que la joven habría elegido al fin el rumbo de su vida futura, que aceptaría o no aceptaría.

La suya, evidentemente, se encaminaba a Londres. Law era un tipo inteligente. Un ingeniero que se dedicaba enteramente a los sistemas nucleares. Era director, además, de la multinacional que empleaba aquellos sistemas nucleares no sólo para descubrir galaxias en el espacio, sino para mil funciones científicas absolutamente necesarias. Si él no se había afincado aún en Londres era porque en España era necesario, pero había ya personal que se estaba adiestrando para dejarlo en su puesto y Borja podría dar el salto definitivo. Era un tipo escrupuloso, recto, justo al máximo, y no aceptaba el elevado puesto ejecutivo en la empresa mientras no se considerara merecedor de ello. Pero ya sabía que dos, cuatro, seis meses, y después su vida discurriría ya definitivamente en el Reino Unido. No era, por otra parte, un patriota acérrimo ni un fanático de su país. Pensaba, y tenía razón, que toda la tierra es patria. Para él, las fronteras eran barreras demagógicas que sólo indicaban que al traspasarlas había que enseñar un pasaporte o un documento semejante.

Dado este modo de pensar, era lógico que ya estuviera pensando en su futuro hogar londinense. La misma empresa se lo montaba no lejos de la sede central, y cerca del que ocupaba su hermano con Peggy.

Todo esto lo pensaba Borja mientras pisaba el aeropuerto de Barajas y se dirigía a su automóvil, que había dejado aparcado en el parking para evitarse regresar al centro de Madrid en autobús o en taxi.

Lo curioso para él fue que al sentarse ante el volante y poner rumbo al centro, empezó a pensar en Érika y en cuánto de sincero habría sido Juan Beltrán con ella.

No imaginaba a Juan sincero; eso sí que no, pero sí se lo imaginaba disfrazando la verdad, y eso no iba a servirle de nada. Él jamás amenazaba en vano. Si Juan no cumplía, él mismo buscaría a Gregorio Menchado y le diría la verdad. Claro que tenía sus dudas, pero no sobre el mismo Juan. Que le perdonase quien tuviera que perdonarle, pero él no había olvidado aún la visión de Diana resplandeciente y en charla romántica, a media luz, con un desconocido que no era su esposo.

Tal vez no fuera Juan quien planeara la cuestión del divorcio a su mujer, porque si las cosas sucedían como él sospechaba sería Diana, ¡Diana!, quien le diría a su marido adiós, muy buenas y quédate con tu amante.

Entró en su casa hacia las diez y media y, como siempre, lo primero que hizo fueron dos cosas simultáneas: deshacer la maleta y poner el contestador automático.

Mientras colgaba la ropa escuchaba todo lo que el contestador automático guardaba. Avisos de clientes. Resúmenes de la empresa. Mensajes de sus subalternos, y, de súbito…

Se quedó con las camisas en la mano.

Era Érika.

Una voz de Érika afligida.

«Borja, cuando vuelvas, llámame. No puedo esperar al jueves. Tengo que decirte algo importante. Por favor, no dejes de llamarme en cuanto regreses.»

Ni siquiera decía: «Soy Érika».

Conocía su voz. Se daba cuenta de que entre millones él hubiera distinguido aquella voz femenina.

«Borja —se dijo, tirando la ropa de cualquier modo en el cajón abierto—, te estás inmiscuyendo demasiado en la vida de Érika, y eso es temerario. Ella te considera, pero tú sientes infernales deseos. No seas como los demás. O eres tú, o eres un payaso.»

Pero, rápidamente, levantó el auricular y marcó el número de la joven. Se diría que ella esperaba su llamada porque al primer sonido del teléfono ya estaba oyendo la voz ahogada de Érika.

—Borja, ¿eres tú?

—Dime, Érika.

—¿Has llegado ahora?

—No hace ni diez minutos.

—Ven, por favor…

—Estaré en tu casa dentro de treinta minutos.

Y colgó sin más.

Su coche corría por un Madrid nocturno casi solitario a velocidad de loco. Él nunca perdió los estribos. Jamás le inquietó nada. Nunca dejó de sonreír plácidamente. Nunca, tampoco, levantó la voz. Su sangre le corría por las arterias con toda normalidad. Pero aquella noche, por la razón que fuera, parecía atropellarse en sus venas y rodar por ellas como fuego desbocado.

Por eso frenó un poco la velocidad.

«Borja —se dijo y, además, lo dijo en voz alta—, ¿qué diablos te sucede a ti con esa chica? Es tu amiga, sí, pero... una amiga no enciende así la sangre, ni se corre hacia ella olvidando todo lo demás. Y tampoco lastima la voz angustiosa con matiz de amargura. Pero resulta que tú te estás encendiendo, sientes deseos suicidas y por poco que te dejes dominar por la ira, eres capaz de matar por ella. Frena, Borja. Frena tu ímpetu...»

Borja intentaba frenarlo.

Y, por supuesto, lo consiguió. No sólo aminorar la velocidad del auto, que parecía un rayo por las calles madrileñas, sino el volcán de su sangre, que al principio le hacía experimentar la sensación de que en cualquier momento se le escaparía de las arterias.

Pulsó el botón automático. En seguida oyó la voz de Érika, menos alterada y más suave:

—Ya abro, Borja.

El portal produjo un ruido seco y se abrió en dos. Borja penetró y cerró de golpe tras de sí.

El ascensor lo condujo al cuarto piso.

Sentía, cosa rara en él, que el sudor le empapaba el pelo.

«Es el calor, Borja —se dijo—. El calor de este Madrid condenado, que en pleno agosto agobia y asa».

Pero sentía que el calor procedía de dentro. Y él necesitaba estar muy frío, reaccionar como solía hacerlo y evitar cualquier alteración que no concordase con su personalidad, pero es que ya no estaba seguro de que su personalidad anterior fuera igual, pues era evidente que sufría profundas alteraciones.

Érika le esperaba en el rellano. Nunca olvidaría su imagen. Vestía pantalón blanco y un polo rojo con letras blancas en inglés, como tantos polos que se vendían en España y que formaban montañas en los grandes almacenes; todo lo contrario que en Londres, donde a nadie se le ocurría pintar letreros españoles en los polos fabricados en Inglaterra.

Pero eso era lo de menos. Él pensaba y seguía pensando que los españoles en demasiadas cosas vivían equivocados, aunque al ser una enfermedad colectiva, maldito si lo que él dijera iba a disiparla.

Lo importante en aquel instante era Érika, y como era ella quien le llamaba, él acudía y se percataba, asustado, de que era la primera vez en toda su vida que la llamada de una mujer ponía dinamita en sus pies.

bien era sincero, por lo visto también era cómodo. La chica perdió, como te digo, la juventud. Llegó a los cuarenta años, y su relación con su jefe persistía. Pero un día el jefe enfermó y hubo de guardar cama. Ella fue a visitarlo. Le dieron con la puerta en las narices…

12

—Lo siento, Borja. No pensaba llamarte —le dijo Érika, dándole paso, y Borja entró, incluso antes que ella, pese a su buena educación—. En realidad me ocurrió hace unos días. Sentí pena y amargura, y me vi sola en todo este mundo lleno de mentiras y falsedades…

Cerró la puerta. Borja, precipitado, perdiendo un poco su habitual control y flema, sin pedirle permiso, se dirigió a la mesa de ruedas que hacía de bar y se sirvió un whisky solo.

Se lo llevó a los labios sin pronunciar una sola palabra. Estaba tan asombrado de su modo de actuar, tan diferente de como él era, que prefería beber y hablar después, si es que tenía que hacerlo.

—Borja, ¿te ocurre algo?

—No, no —se sintó decir al fin—. Claro que no. Acababa de llegar. Yo siempre hago varias cosas a la vez. Deshago la maleta, cuelgo la ropa o la meto en los cajones, a la par que pongo el contestador.

—Y me has oído.

—Pues sí.

—Siéntate, Borja. ¿Quieres que vaya a buscar hielo a la cocina?

Borja movía el vaso una y otra vez, demasiado apresurado, pensaba de sí mismo, y meneaba la cabeza diciendo que no.

—Me gusta así.

—Nunca vi que lo tomaras solo.

—¿No?

—Pues no, Borja. Sigo pensando que estás raro.

—¿Qué tal tus cosas?

—Es de Juan. La envió desde Marbella, pero ni la firma. Yo sé que es de él, pero me duele que, ni siquiera para decirme que no puede venir porque uno de sus hijos sufrió un accidente, sea capaz de no poner su firma en la nota.

Y mientras hablaba con cierto deje de amargura, le entregó el papel a Borja.

Éste lo leyó sin abrir los labios, sólo pasando su mirada oscura por los renglones mal trazados y con una letra desfigurada que él casi no reconocía como de Juan.

«Lo siento, querida. Uno de mis hijos ha sufrido un accidente y no puedo retornar a Madrid. Como la oficina está cerrada este mes, tampoco

142

soy tan necesario. Espero que tú estés disfrutando de tus vacaciones. Lo siento.»

Despacio, Borja elevó la cabeza y fijó sus ojos en la mirada angustiada de Érika.

—Es decir, que no le has visto desde que yo me fui.

—No, no.

—¿Ni te llamó por teléfono?

—El lunes por la noche me llamó. Me dijo que no podía regresar a Madrid, que un accidente en la playa había fastidiado todos sus planes. Que ya me contaría con más detalle.

—¿Y bien?

—Pues esa nota que llegó hace dos días.

—Ya…, ya… —y de repente Borja dijo algo que no pensaba decir en modo alguno—: Dispongo de dos semanas de vacaciones. Tú las estás disfrutando asándote en Madrid esperando por Juan. Juan ha sufrido un accidente, o uno de sus hijos, que, para el caso, es igual. ¿Aceptarías una invitación?

—¿De qué índole, Borja?

Eso, eso, ¿de qué índole? Borja no lo sabía. Pero se topó diciendo sin vacilación:

—Dos semanas en Marbella Club.

—¿Qué?

—Sí. ¿Es que tienes que mirarme de ese modo tan poco frecuente en ti, como si yo fuera un resucitado y tú una paranoica?

—Es que no entiendes o no has entendido bien. El chalet de los Beltrán está cerca del Marbella Club...

Borja se puso en pie.

Juan podía ser embustero, y sin duda lo estaba siendo, dilatando cuanto podía la explicación que le debía a Érika, pero él no mentía por nada del mundo, a menos que estuviera equivocado o mintiera inconscientemente. Por tanto dijo:

—¿Beltrán?

—Es... es el apellido de Juan.

—¡Caramba, Érika..., eso sí que me asombra!

—¿Por qué?

Y la joven cayó sentada, mientras Borja estaba aún en pie, con el vaso de whisky en sus cinco dedos que cada vez se apretaban más contra el cristal y dispuesto a descubrir su amistad con Juan.

—Yo estudié mi primer curso cuando Juan Beltrán terminaba el último y se casó. Precisamente fui testigo de su boda, e invitado, por supuesto.

Ahora era él quien se sentaba, pues Érika elevaba la cabeza para mirarlo y sus lacios cabellos rubios se le iban hacia atrás.

* * *

Se quedaron mirando unos segundos, que a ambos les parecieron siglos.

—Quieres decirme que tú… conoces a Juan, que quizá es tu amigo.

—Lo es. Y le conozco perfectamente. La primera experiencia sexual que tuve, y si te digo la verdad la tuve tarde, se la debo a Juan. Fue decepcionante. Y lo fue —ya recuperaba su sangre fría habitual y hablaba sin alterarse— porque me llevaron en grupo a un lugar que aborrecí para el resto de mi vida —su voz sonaba algo hueca—. No es mi carácter para ser adiestrado por una mujer de la vida. Me sentí humillado, indefenso y, además, estúpido.

—Borja…, ¿cómo es Juan? Porque, si fuiste a la boda y firmaste como testigo, tendría que uniros una fuerte amistad.

—No, no. Fuerte, no. Amistad a secas. Entre estudiantes, la amistad es sólo relativa. Te dura el tiempo que compartes un piso, unos estudios. Después suele ocurrir que no vuelves a ver a tu ex compañero. A Juan le vi años después.

—¿Y su boda?

—¿Qué sucede con su boda, Érika? No me has contestado aún si aceptas o no esas dos semanas de vacaciones a las cuáles te invito desinteresadamente, como amigos, y los amigos van hoy a cualquier parte sin que, por ello, forzosamente, les tenga que unir un afecto sentimental.

145

—Sí, sí, te comprendo. Pero ahora háblame de Juan y de su esposa.

—Se llama Diana, ¿no lo sabías?

—Sí, creo que alguna vez oí su nombre.

—Muy linda, de la edad de Juan, aproximadamente, y te puedo asegurar que Juan se casó con ella por amor. Nada de cuanto se inventó su padre al respecto era cierto. Juan se haría ambicioso después, y me parece lógico, pero en aquel momento amaba a Diana, y sé también que su suegro lo postergó hasta que consideró que lo necesitaba. Yo no hubiera soportado tanto.

—¿Qué hubieras hecho tú?

—Pues muy sencillo, no casarme. Porque yo no me siento capaz de hacer feliz a una mujer, al menos de momento. Juan en aquel tiempo tenía la edad que yo tengo ahora. Y si mi amor fuera tan fundamental le diría a mi mujer que conmigo o sola, pero nunca pendiente del dinero de su padre y sufrir todas las humillaciones que sufrió Juan.

—Lo cual indica que no es tan asombroso que Juan se haya cansado de su mujer y que ella lo pretenda retener como si comprara un marido.

Borja bebió lo que quedaba en el vaso y se levantó.

Se sirvió otro whisky.

Se extrañó tanto Érika, poco habituada a ver beber a Borja, que comentó:

—¿Qué te sucede? Tú no sueles beber.

—¿No?

—Borja…, ¿qué cosa te callas?

—¿Yo? Ninguna. Prefiero callar que mentir.

—Pues yo te insto a que no mientas, pero tampoco te calles.

—Te invito a dos semanas en Marbella Club y juzga tú lo que Juan no te dice… Soy tu amigo, pero también respeto la amistad que en su día me unió a Juan Beltrán. Si su hijo sufrió un accidente, me parece lógico que se quede a su lado. Si no lo sufrió y te mintió, tú lo vas a ver. Te ofrezco la oportunidad de que lo veas.

Érika dijo quedamente:

—¿Y todo eso lo haces por amistad hacia mí?

—No.

—¿No?

—Érika, a mí nunca me ocurrió un caso semejante. No pensé jamás verme involucrado en él. Pero, por desgracia, estoy aquí hundido en un callejón que supongo sin salida. Y te diré más, me doy cuenta perfectamente de que mi hermano Law tiene razón. No existe la amistad entre una mujer y un hombre, porque debajo de esa pantomima hay un sentimiento más o menos arraigado, pero existe. Y pienso que empieza a existir en mí.

—Borja, ¿por qué? Estás destruyendo algo precioso, que era nuestra amistad.

—Pero quizá te estoy abriendo un camino para algo más sólido, aunque no estoy muy seguro de nada —volvió a sentarse, abriendo las piernas, apoyando los codos en los muslos y sujetando el vaso con ambas manos, pero con el busto inclinado hacia delante—. Érika, yo no soy nadie para hablarte de Juan Beltrán. Y, si me apuras, te diré que es un hombre corriente y que era una excelente persona que se casó muy enamorado de su mujer… Pero también pienso otras cosas.

—Que no quieres decir…

—No, no, que te digo. Juan se habituó a una vida fácil. A una vida social ponderada. Tiene amigos en su ambiente, amigos que difícilmente se abandonan. Tiene una empresa que será suya. Es una importantísima empresa de cosmética. Tiene un suegro que al fin cree en él. Es conocedor del trabajo que desempeña y puede ser un industrial tan bueno o mejor que su propio suegro. Pero esa vida fácil, metido en eso que dicen llamar jet set… y que no sé de dónde han sacado, porque no se llama así en cualquier otra parte del mundo, es demasiado regalada. Y renunciar a todo eso cuesta. Cuesta una barbaridad. Juan ya está hundido en ella, como otros se hunden en otros ambientes y no saben cómo salir de ellos. Que te ame no lo dudo. Y no lo dudo porque no

concibo que se te conozca y no seas amada. Pero…
entre eso y renunciar a todo lo antes mencionado, media un abismo.

—Me estás queriendo decir que Juan miente.
Que nunca renunciará. Que no es la esposa la que
niega el divorcio.

—No he dicho tal cosa. Sólo te pongo en el
disparadero para que tú juzgues por ti misma.

—Y para ello…

La cortó:

—Sí, para ello te invito a ese ambiente. Que
lo vivas, que lo palpes, que sepas… Y podría añadir muchas cosas más, pero no soy nadie para co-
merte el coco. Además, intento ofrecerte la oportunidad de que veas por ti misma todo eso que es
una situación corrupta, donde cada cual presume
de lo que no tiene, como es en todo caso y en especial la honestidad.

—Me estás poniendo la piel de gallina.

—Pues tú dirás si prefieres quedarte así, cre-
yendo en lo que Juan dice en esa nota, o si prefieres verlo bailar en una noche de juerga en su
ambiente… junto a su mujer o junto a la mujer
de otro, que eso, en esa situación, carece de importancia.

Érika se levantó y miró a Borja, que seguía
sentado, flemático pero diciendo a su modo de
ver cosas terribles.

—Borja, tú no soportas a Juan Beltrán, ¿verdad?

—Te equivocas. Pero ha coincidido en mi vida con algo que me es importante y entrañable.

—¿Yo, Borja?

—Sí, tú.

—Pero tú no me amas.

—Mira, Érika, yo desconozco las sensaciones amorosas hondas. No las he sentido nunca. Te aprecio a ti una barbaridad, me duele todo lo que te sucede y no me gustaría verte dentro de veinte años convertida en la otra mujer oculta de un poderoso que, además, tiene dinero, esposa e hijos. Has de elegir tú. No sé si te amo. Por supuesto, y perdona mi brutalidad, que me gustaría acostarme contigo. Pero el que me guste no tiene nada que ver para que te convenza de que lo hagas. Jamás lo haría. Si un día tú lo deseas, yo también lo desearé. Si eso es amor, te amo; pero tengo la leve sospecha de que sólo es una atracción física. Sin embargo, si a eso añadimos que somos amigos y tenemos tantas cosas en común, quizá con el tiempo nos convirtamos en una pareja estupenda. Pero eso ya no depende de mí, ni yo te coaccionaré en nada, ni nada te pediré. Piensa, además, que es la primera vez que hablo así a una mujer. No uso preámbulos ni subterfugios. Uso palabras contundentes que corresponden a una realidad igualmente contundente. Eso es todo.

—Me asombras tanto…

—¿Es que pensabas que te iba a conquistar con frasecitas cursis? No me van, Érika No me irán nunca. Un día te asiré la mano y te preguntaré: «¿Vienes o te quedas?» Y si me dices: «Voy», te llevaré, y si me dices: «Me quedo», te quedarás. ¿Entiendes la diferencia? Pero eso sí, si un día dices: «Voy», irás con todas las consecuencias y me serás fiel, y sólo me lo podrás dejar de ser el día que yo te sea infiel a ti.

—Cada vez me asombras más.

—¿Aceptas esa invitación para el viaje a Marbella? Podemos salir mañana. Yo dispongo de dos semanas de permiso, y tú tienes todo el mes de agosto y te estás pudriendo en estos calores. Eso sí, nada de sentimientos. Si ésos existen en mí es cosa que aún no sé. Si lo supiera los doblegaría, que yo no soy ningún seductor ni ningún violador.

—Y si aceptara tu compañía sentimental, ¿qué pasaría con mi pasado?

—Tú lo has dicho, Érika: es pasado. Por tanto, no me pertenece, que de paso yo he vivido también lo mío. Todos somos humanos, y todos tenemos pleno derecho a hacer lo que nos acomode mientras no hayamos dado palabras de fidelidad o de amor.

—Tú no me pedirás eso, ¿verdad, Borja?

—No. Yo te invito como invitaría a una amiga, y si un día entiendo que te amo tanto que ya no lo puedo soportar, te lo diré sin ambages, y en ti estará responder.

—Voy contigo a Marbella, Borja. Me parece que lo necesito. Cada día mi amistad hacia ti se hace más indispensable.

Al amanecer del día siguiente, Érika y Borja se fueron a Marbella en el Mercedes azul oscuro de Borja.

13

Entraron juntos en la suite del hotel. Érika se quedó mirando a Borja con expresión indefinible, pero Borja no parecía asombrado de nada, ni inquieto, ni siquiera desconcertado ante la mirada interrogante de ella.

Pero sí que le dijo, antes de que la joven tuviera tiempo de preguntarle nada:

—Se comunican —fue hasta una puerta y la empujó—. El hecho de que sólo nos separe una puerta de comunicación no indica en modo alguno que vayamos a convivir… Me gustaría que me entendieras.

—Y te entiendo, Borja. En realidad no te miraba interrogante por eso, pues bien te oí pedir dos habitaciones separadas y comunicadas entre sí. Lo que me desconcierta es tu sangre fría y, en cambio, tu delicadeza para arreglar las cosas y, más que nada, tu forma de hacerlas ante mí misma.

Borja colocó la maleta y el maletín de Érika en el soporte y después de despedir al camarero y dejar la puerta de comunicación abierta, se volvió para mirar a su amiga.

Acababan de llegar. Eran cerca de las siete de la tarde. El sol lucía esplendoroso. Marbella se asemejaba a un hervidero humano, si bien en aquel hotel todo era exquisito, y los clientes, de una calidad de elegancia insuperable. Pero eso ya lo sabía Borja. Como sabía que en aquellos recintos cercanos y en el mismo hotel se celebraban fiestas hasta la madrugada, a las cuáles solían asistir siempre las mismas personas, a las que según parecía se les solía denominar la jet set, cosa, ya lo he dicho, que no comprendía, pero que aceptaba, porque, a fin de cuentas, era español, por mucha educación europea que tuviera. Se quisiera o no, España estaba dentro de Europa.

Todo eso pensaba Borja mientras miraba sonriente a su amiga y le decía en voz alta, amable y cortés como siempre:

—Mira, Érika, si yo te invitara para compartir tu suite, sería un soberano cerdo, y yo no me incluyo en ese estilo. Una cosa es que me gustes, y además me gustas mucho, y otra que te invite a compartir mi vida física, sentimental o pasional. No va por ahí. He querido traerte aquí para que juzgues por ti misma, para que compruebes cómo anda esto y la calidad de sinceridad que ha tenido Juan contigo. Acércate —la invitó, aproximándose él al ventanal—. Desde aquí puedes ver toda esa hilera de viviendas de estilo andaluz. ¿Ves aquélla, pintada de blanco y con las ventanas verdes por la cual trepan enredaderas naturales? Es la residencia de Juan.

Érika ya estaba a su lado, dentro de unos pantalones rojos y una camisa blanca de manga corta y ceñida a la cintura por un ancho cinturón de piel, color rojo.

—¿Cómo lo sabes, Borja?

—Pues porque pregunté, mientras tú te instalabas… La casa de Juan Beltrán la conocen bien en el hotel. Además me han asegurado que tanto él como su mujer y sus amigos son asiduos a las noches marbellís… Esta noche, precisamente, hay aquí una fiesta rociera… Tú y yo asistiremos.

—¡Borja!

—¿Es que no quieres?

—Me pregunto a qué me estás sometiendo.

—También me lo pregunto yo. Es la primera vez en mi vida que me intereso por algo que no sea exclusivamente mío. Te diré —encendió un cigarrillo y se lo puso a Érika en los labios—. Fuma.

—Me ibas a decir algo, Borja.

—¡Ah, sí! Yo siempre viví para mí mismo. Soy egoísta, y tengo ambiciones incontroladas en

155

cuanto a mi futuro profesional, que estoy tocando ya con la mano, pero a la vez soy un poco altruista. Yo diría de mí que soy complejo y contradictorio, y me acepto tal cual… —alzó una mano y la pasó suavemente por el cabello femenino—. Te puedo desear mucho, Érika, pero jamás te tomaría sin tu consentimiento, y sin el convencimiento absoluto de que tú estás de acuerdo. No sé si me explico. Pero, como tampoco me importa explicarme mejor o peor ni que me entiendas bien o mal, voy a seguir con mi lema, con mi estilo —sonreía tibiamente—. A mi lado estás segura, pero que tú te sientas igualmente. No basta con que yo sepa lo que quiero y cómo lo quiero. Deseo que tú estés tanto o más segura de ti misma que yo.

—Cada día te comprendo menos. Sin embargo, entiendo lo que me quieres decir. Pero es que yo no sabía que había hombres como tú, que dicen las cosas como las sienten y no piden nada por ello, y que a veces parecen cínicos y no lo son.

—Vamos a vivir en este hotel de lujo dos semanas. Si prefieres marcharte antes, yo seré tu paladín, y te conduciré a donde tú me pidas, y todo por nada, sólo por el goce que supone estar a tu lado, verte evolucionar, comprender y quizá disipar tus amarguras…

—Y todo eso, por amistad…

—No, no, Érika. La amistad es fundamental en una pareja, pero siempre se oculta en ella un interés especial, aunque si la persona que lo siente es honesta, nunca se cobrará el favor que hace, porque el favor en sí es ya una paga muy importante. Y en este caso me cobro el placer de estar junto a ti, y tú pagas sólo con tu compañía.

—Te diré una cosa, Borja —y Érika le miraba fijamente—, me gustaría empezar en este instante. Tengo veinte años, cumplidos hace dos meses. Y daría todo por mirar hacia atrás y no ver comprometidos mis sentimientos.

Borja sonrió y retiró los dedos del lacio pelo femenino.

—No te preocupes. Tampoco yo estoy seguro de nada, aun en el supuesto de que tú no amaras a Juan. Pero nunca será tu pasado lo que nos separe. Seremos ambos, ambos, por sentir cada cual de modo diferente. Anda —añadió, sin transición—, ponte mona. He pedido dos cubiertos para esta fiesta rociera. ¿Sabes bailar sevillanas?

—Claro que no.

Borja rompió a reír, divertido. Parecía un crío riendo de aquel modo y vestido con un pantalón de milrayas y camisa de manga corta despechugada. Y el negro cabello mal peinado le daba aspecto de golfillo jugando a parecerlo.

—Yo, tampoco. Pero desde que tenemos un presidente andaluz, aquí todo el mundo, chaquetero como es, y como van al sol que más calienta, se lanza a bailar sevillanas para darle gusto al personal administrativo superior. Es lo más peregrino que uno se puede echar a la cara. No obstante, y al margen de mis críticas y agudezas, ya sabes, dentro de dos horas pasaré a buscarte.

Se dirigió a la puerta de comunicación…

* * *

Érika se fue tras él diciendo:

—Borja…

—Dime.

Volvió sólo la cara para mirarla. Era un rostro más bien pálido, de negros ojos y negro pelo. No sería seductor ni apolíneo, como Juan… pero… era viril, firme, de una personalidad desconcertante, pero no por eso menos interesante.

—¿Por qué me ayudas, Borja?

—Oye, que quizá te estoy haciendo más mal que bien. Prefiero que veas a Juan en su salsa.

—Tú no aprecias a Juan.

Borja se llevó un dedo a la frente y con él retiró el mechón de pelo que le caía sobre la ceja. Lo resopló.

—Me era totalmente indiferente. Si te digo la verdad, ni lo recordaba. Los años pasaron; se diría que yo vivía en otra galaxia. Pero un día… —sacudió la cabeza—. ¿Para qué adelantar acontecimientos? Ya verás por ti misma lo que me callo. Si me equivoco, mejor para ti y peor para mí.

—¿Por qué peor?

—Pues te lo diré con franqueza. Soy un poco altruista, sí, pero no en exceso. Se conoce que en mi subconsciente te aprecio de una forma especial. Y mi morbo oculto me advierte que deseo que desprecies a tu amigo sentimental.

—Pero, Borja…

—Oye, ¿por qué no dejamos las cosas así? Si me sigues mirando, daré un paso hacia ti, te tomaré en mis brazos, te besaré y se romperá el lazo amistoso que nos une, porque al fin y al cabo tú eres una mujer bellísima y yo, un hombre vulnerable. ¿Lo vas entendiendo?

—Es que, si entiendo bien, sufrirás cuando yo esta noche me vea con Juan.

—Soy muy especial, y me gusta ver los toros desde la barrera y apreciar con morbosa curiosidad cómo les clavan el puyazo… Ya sé que estoy hablando en sentido metafórico, pero tampoco sé, en este instante, hablarte de otra manera. Ponte linda. No hace falta que te esfuerces. Así mismo, estás que revientas de belleza, y casi insultas por tu frescura.

—Antes no me hablabas así, Borja.

—Es que antes yo no sentía nada. Pero ahora quizá empiezo a sentir odio hacia la persona que tú crees amar.

—¿Creo tan sólo?

—No lo sé. Es lo que me gustaría averiguar, y sin duda averiguaré. Para bien o para mal, sin lugar a dudas lo sabremos ambos en seguida.

—Tú no has considerado sincero a Juan cuando leíste la nota que me envió.

—No. No lo he creído. Su hijo no sufrió accidente alguno.

—Lo dices muy seguro.

Borja se alzó de hombros sin soltar el picaporte que asía en sus dedos.

—Y es que lo estoy. Me preocupé de averiguarlo nada más llegar —se volvió de súbito y la miró de lejos, pues mientras Érika se hallaba de pie en medio de la suite, él se pegaba a la puerta de comunicación que conducía a la suya—. Verás, Érika. Madrid es enorme. Allí, nadie se entera de lo que hace su vecino. Marbella es un puñado de personas especiales, siempre las mismas. Todos acuden aquí, o a otro lugar de divertimento, en las noches, y se conocen bien unos a otros. Preguntar en Madrid por Juan Beltrán y su familia es como preguntar en Londres por un guardia de los que vigilan el palacio de la reina. Hay un montón, y nadie sabe quién es el otro. En cambio, en Marbella cada cual conoce a cada cual, porque también es cierto que, lejos de este grupo que forma el clan social, hay otras muchas personas que sólo conocen a los protagonistas por sus nombres, pero no han visto sus rostros, salvo en las revistas del corazón. ¿Me vas entendiendo? Preguntar en este hotel por Juan Beltrán es casi como preguntar por el presidente de la nación, que vive apaciblemente en la Moncloa.

—¿Así de conocido es Juan en este grupo social de veraneo?

—Y otros muchos. Pero tú y yo hemos venido aquí para saber si Juan dice verdad o mentira. Yo ya sé que ninguno de los dos hijos de Juan Beltrán ha sufrido accidente alguno.

Y como viera que Érika se asía fuertemente al barrote del lecho, añadió, apacible:

—Mejor para ti, Érika. Mejor que, dada tu honestidad y personalidad, veas sin careta a un tipo que te mintió.

—Y eso me dolerá como si…

—Claro. Como si te metieran una espina en un dedo y te doliera hasta sacártela. Pues tendrás que quitártela en seguida. ¡Ah! —ya se dirigía a su suite, y de espaldas a ella, añadió—:

No es preciso que te pongas traje de noche. Uno bonito de cóctel basta. Yo vestiré traje de etiqueta, nos sentaremos ante una mesa y veremos cómo funciona la comedia humana que nos rodea…

—Me estás exprimiendo para que el dolor ahuyente mi amor, ¿no es eso, Borja?

—No lo sé. Te aseguro que no sé aún por qué estoy aquí, por qué te someto a esta prueba, por qué de súbito odio a Juan Beltrán y deseo que mienta, que finja, que se convierta en un fariseo.

Y ¡paf! Ya no dijo palabra. Se encerró y empezó a pasear el cuarto de parte a parte.

Érika, en el suyo, aún continuaba erguida, mirando en torno, sin comprender mucho de todo aquello.

14

—¿Puedo pasar, Érika?

—Pasa, pasa, Borja.

Borja cruzó la puerta de comunicación, y se encontró ante una Érika divina.

La miraba de modo cegador. Una cosa era ver a Érika todos los días vestida de calle, unas veces con pantalones y otras con trajes más bien estrafalarios, pero muy a la moda, y otra verla perdida en un modelo de cóctel rojo, descotado, con el cuerpo ceñido y la falda cayendo en vuelos armoniosos. El cabello rubio natural, lacio y brillante, peinado como al descuido, pero bellamente esponjoso. Una pincelada de sombra en los párpados, los bellos ojos verdes agrandados por un sabio maquillaje, y la boca, húmeda y roja, apenas tocada por una barra de labios que parecía natural. Calzaba zapatos negros, un poco altos, de tipo salón, y en la mano sujetaba un bolso de noche tipo cartera, de carey negro.

—Estás… Bueno —reía algo nervioso, cosa rara en Borja—, ya sabes tú cómo estás…

Érika sonrió apenas.

—También tú, con ese traje de etiqueta, la pajarita y la camisa a plieguecitos, Borja. Nunca te vi así…

—Ni yo a ti de este modo. Sin duda ahora mismo somos dos desconocidos frente a frente —la asió delicadamente del brazo—. Vamos, Érika. La cena está anunciada para comenzar a las diez. Faltan tres minutos, y a mí no me gusta aparecer como un espectáculo.

Érika dudaba. Borja, que ya la conocía tanto, le siseó:

—Dime qué temes.

—¿Estará él…?

—Estará. Forma parte de los componentes de esta noche, y también su mujer. ¿No la conoces? Pues la conocerás.

Y de súbito se detuvo junto a la puerta sin soltar el brazo femenino.

—Érika…, ¿me permites hacer una cosa?

—¿Qué… cosa?

—Darte un beso.

—Pues…

—No pienses que intento nada anormal. No soy un santo, pero tampoco un sádico. Sin embargo, tal vez esta noche sea crucial para los dos. Y si es así, y es en sentido negativo para mí..., prefiero tener en mí algo tuyo. Algo que me quede de recuerdo.

—Desde que salimos de Madrid me estás hablando de forma insinuante, Borja. Tú sabes...

—Sé —la cortó— que estás enamorada de un hombre casado, que además yo conozco muy bien... Pero no te hablo de forma insinuante. Te hablo como sé hablar y me dicta mi conciencia. Es posible que ni yo mismo me acepte enamorado de ti y pienso que no lo estoy, y aún más, ni quisiera estarlo. Si tuviera la certidumbre te la diría sin ambages y no te hubiese traído aquí. Te preguntaría si me aceptas como amigo físico y espiritual; sólo eso. Pero yo nunca sé lo que siento en realidad porque estoy parapetado para no sentir. De todos modos, ahora sí me gustaría besarte.

—No creo que un beso más o menos decida un compromiso o una ruptura...

—Evidentemente, no —la asió por los hombros—. No decide nada, Érika, claro que no, pero yo confieso mi desusado nerviosismo, y tú estás temblando.

—Confío en ti, Borja.

—Eso es lo lamentable. Pero no importa. Nada importa, salvo este instante; después, que sea lo que tenga que ser.

Y soltando los hombros femeninos desnudos, le asió la cara con los diez dedos. La miró a los ojos. Jamás le parecieron tan bellos y tan puros. Pese a todo, Érika, para él, seguía siendo una chiquita ingenua, atrapada en unas mentiras muy bien urdidas. Y eso le sacaba de quicio, le ponía fuera de sí. Pero en aquel instante no estaba aparentando lo que sentía, y es que ni él mismo tenía idea clara de lo que sentía en realidad.

Acercó su cara a la de ella y con sumo cuidado tomó aquellos labios en los suyos. No fue un beso pasional, no. Fue un beso cálido, largo, prolongado, sí, pero siempre suave y... enervante.

Érika intentó alejarse en dos ocasiones, pero Borja la sujetaba; el beso concluyó al fin, dejando en los labios femeninos un calor desusado.

—Gracias, Érika —dijo Borja, y salió con ella sin más explicaciones.

Pero en el largo pasillo que atravesaban, Érika le iba diciendo quedamente:

—Borja, Borja... no debiste besarme así... ¡No debiste!

—No sé besar de otra manera.

—Es conturbador.

—¿El beso?

—La situación.

—Olvídalo, y ponte serena. Muy serena. Te vas a jugar muchas cosas positivas, o negativas, esta noche.

—Tú sabes lo que me estoy jugando, ¿verdad?

—Pues sí, en cierto modo —sonreía tibiamente—. Estás conmigo, y yo te amparo. Pase lo que pase, estaré a tu lado. Es posible que ocurran tres cosas muy diferentes entre sí. Que Juan, al verte, se asombre y se esconda. Que Juan corra a tu lado, que sería lo natural, lo que yo haría en su caso, si te amara como él dice amarte. O que se quede apacible junto a su mujer, cosa que dudo.

—Borja —Érika se detuvo, sin soltarse de la mano que sujetaba protectora su brazo—, tú no aprecias a Diana.

—No es eso…

—Pero algo es…

—Un día, cuando todo se aclare, te lo explicaré. Pienso mucho siempre. Me habitué a pensar desde que tuve uso de razón. Dependí de mi hermano, que me llevaba, y me lleva, diez años de edad… Aprendí a responsabilizarme, a ser todo lo honesto que pudiera. A prescindir de caprichos inútiles, a darle a la vida la dimensión real que tiene…

—No sigas con tu retórica, desviándote de lo que yo te pregunto concretamente.

—Estoy a tu lado, ¿no? Te ayudo, ¿no? Soy tu amigo, ¿no? Te he besado, sí…, pero es que estabas demasiado hermosa para dejarte pasar por mi vida, enfrentarte a otro y no probar la dulzura de tu boca. Te diré, Érika, que me ha gustado besarte. Me ha gustado tanto que espero que me permitas compartir contigo algún otro beso.

—Pero… —Érika se crispó sin enojo, pero sí asustada— no hemos compartido nada, Borja. Me has besado tú.

—No, Érika. Pero camina. Camina, que vamos a entrar en el salón comedor. Como eres tan linda te mirarán, y yo me sentiré orgulloso de ser tu compañero. Y te diré que no, en cuanto a lo del beso. Tú quizá no lo sepas, pero yo he besado a muchas mujeres, y sé que tú has sentido mi beso y has correspondido a él.

—¡Borja!

—¿Por qué te detienes? Ya estamos llegando. Escucha el murmullo de los asistentes a la fiesta. Serénate. Sé tú, y busca en el fondo de tu ser valor para enfrentarte a lo que sea. Verás a Juan rodeado de amigos; no estará llorando por el accidente que sufrió su hijo…

—Tú sabes más de lo que dices, ¿verdad?

—Yo no soy adivino, pero he vivido, he paladeado muchas cosas, unas mejores y otras peores… Una tengo muy presente, muy segura: conozco a las mujeres. Pero camina. Vamos a entrar en el salón comedor que comunica con la sala de fiestas…

—Borja, si te pidiera una cosa muy concreta, ¿qué harías tú?

—Pídemela.

—Regresar a Madrid. Olvidar todo esto. Dar por sabido lo que aún ignoro...

—¡Oh, no! Eso es huir. Huir de unas verdades que se necesita saber para que la persona que las sabe tenga la certidumbre de lo que puede, o debe, o sabe hacer después.

—Es decir, que debo someterme.

—Te lo aconsejo. Sabes muy bien que ni soy tu amor, ni tu tentador, pero que soy tu amigo sincero que desea lo mejor para ti.

—¿Y si ahí, frente a un Juan sentado al lado de su esposa y sus amigos, me doy cuenta de que todo fue un espejismo absurdo? Me quedaré sola.

Borja sonrió tibiamente.

Apretó un poco el brazo femenino con íntima suavidad y dijo quedamente:

—No estarás sola, Érika. Yo estaré siempre a tu lado...

La empujó blandamente hacia el interior del comedor, donde muchos curiosos levantaron la cabeza para mirar a los recién llegados, que eran, sin lugar a dudas, nuevos, ajenos a su clan...

* * *

El camarero los acompañó a una mesa. Érika, con el brazo sujeto por los dedos amigos de Borja, siseó:

—Ya le he visto. ¿Tú también?

—Sí, por supuesto.

—¿Su esposa es la pelirroja... que está sentada enfrente de él?

—Sí.

—Y los otros...

—Amigos... supongo —pero estaba pensando en que aquel pecoso, de pelo espigoso, era el que vio con Diana en el Vips de Madrid...—. No te desconciertes. Juan ya nos ha visto, y tiene los ojos tan abiertos que, si no los cierra, pronto se le van a escapar de las órbitas...

—Borja...

—Estás conmigo, ¿no te basta?

—Me has sometido a esto por algo, ¿verdad, Borja?

—Que te veas a ti misma —caminaba; nadie diría que hablaban entre sí de algo tan trascendental—, que te des cuenta de que te has enamorado de un payaso embustero, que quizá te ame, y eso casi no lo dudo, porque no concibo lo contrario, pero que le falta valentía para afrontar y asumir su propia realidad. Me sacan de quicio los farsantes.

Se sentaron. El propio camarero, obsequioso, como todo camarero que se precie, retiró las sillas.

Frente a frente, se miraron. Érika, nerviosa. Borja, más sereno que nunca. Y es que lo estaba. Érika tardaría en saberlo, pero él ya sabía que había sido claro y preciso con Juan, que Érika era su amiga y no le daba la gana de que un tipo casado, que por sí no se descasaría nunca, jugara con los honestos sentimientos de una chiquilla ingenua, que conocería dos idiomas o tres, que sería una eficiente secretaria, pero que a la vez era una inexperta, una inmadura en cuestiones amorosas. Y también, eso antes que nada, amaba con todas las sinceras fuerzas de su ser juvenil e impetuoso…

No, no. Lo sentía, pero Juan se había olvidado de que tenía enfrente un hombre como él, que no permitía juegos con algo tan sagrado como eran los sentimientos.

—Me has sentado de cara a esa mesa, Borja. ¿Por qué?

—Estamos los dos así, Érika, y es mejor. Juan se ha levantado y se ha ido, pero volverá, y me extrañaría mucho que no se acercara a ti. Mira bien al pelirrojo, sin que se percaten ellos. Al no estar Juan, lo puedes hacer con la misma franqueza que ellos lo hacen.

—¿El que está sentado junto a la mujer de… Juan?

—Sí, sí, ese mismo.

—¿Qué sucede, Borja?

171

—Ya te dije que conozco a los seres humanos… Que suelo leer en las miradas, en los gestos, en los disimulos…

—¿Y… bien?

—¡Ah, mira, se acerca Juan!

En efecto, Juan se detuvo ante ellos.

—Borja… lo has hecho tú…

—¡Ah, hola, Juan…! ¿Cómo está tu hijo? Ya sé que sufrió un accidente.

Juan no le miraba a él, miraba a Érika con ansiedad.

—No debiste hacerle caso. Te mandé la nota. Tú tenías que creer…

—¿Por qué no te sientas, Juan? —le invitó Borja con su flema habitual, más marcada que nunca, si cabe—. De pie, pareces un fantasmón…

Juan cayó sentado ante ellos y los miró de hito en hito.

—Érika —siseó—, Érika… Yo no podía… Borja me había desafiado… Tenía que poner tiempo por medio. Borja no entiende de estas cosas, porque él es incapaz de amar.

Érika no entendía nada. Pero tampoco se explicaba por qué Borja se entretenía en mirar a Juan divertido, con su sempiterna sonrisa sarcástica en los labios.

—Tuve la debilidad de contarle lo nuestro en un viaje de Londres a España. Ya te lo habrá dicho todo… Siempre presumiste de íntegro, pero eres un cochino cerdo.

—Juan…

—Tú calla, Érika. No sé lo que haré, pero quieto no me voy a quedar. Le voy a romper la cara a este farsante. Presume de honesto, y es un embaucador. ¡Aquel día que topé contigo en el aeropuerto de Londres debía haberme matado antes! Toda la confianza que puse en ti, me la has jugado a lo sucio. Ya te habrá dicho, ya. Por eso tú estás aquí, y además con él… Tuve que decirte lo del accidente. No, no, no es cierto. Pero es que si yo no inventaba algo, tendría que decir la verdad, y no me cabía en la cabeza mentir de nuevo…

—Borja fumaba, mientras Juan, poco a poco, descubría su cara oculta, para mayor desconcierto de Érika, que, lógicamente, no sabía nada de cuanto le estaba diciendo. Borja, una vez encendido un cigarrillo, se lo puso a ella en los labios. Juan, sin percatarse de nada, continuaba barbotando en voz baja y contenida por la ira que allí no podía desahogar, ni debía, si en algo estimaba su integridad matrimonial—. Ya te lo diría, claro. Diana nunca se opuso al divorcio, porque yo ni siquiera se lo planteé. Borja me pilló, como ya sabes, y me instó a que te hablara claro…; de lo contrario, se lo diría todo a mi suegro… Érika, Érika, tú sabes lo que eso supone. Yo te amo, pero… mi mujer, mis hijos… Estoy loco, Érika. Puedes creerme. Me siento como ahogado, como apresado, como destrozado. Y metido, además, entre dos fuegos. Mi mujer, a la que quiero; mis hijos, a los que adoro. Pero a ti te amo. Érika…, te amo.

La joven lo miraba desconcertada, como si su mente desvariara o no comprendiera nada. Tanto es así que de súbito se levantó.

—Lo siento, Juan. Yo no sabía nada de cuanto me estás diciendo de tu mujer. Tú me dijiste que ella se negaba al divorcio. Y ahora me entero de que jamás le has planteado la cuestión.

Juan se levantó a su vez. Borja seguía sentado, fumaba y los miraba a ambos apaciblemente.

—¿Quieres decir que Borja no te dijo… nada?

—Me lo estás diciendo tú ahora. Comprendo la actitud de Borja al invitarme —miró a este último—. Por favor, si algo me estimas, sácame de aquí.

—Érika…

—No, Juan. Nunca nada más. Ahora ya sé todo lo que necesitaba saber y, además…, comprendo todo lo que te has callado.

—¡Por el amor de Dios…!

—Borja —pidió Érika, a punto de estallar, pero conteniéndose con una elegancia que Borja valoraba grandemente—, invítame a otro lugar y cancela la cena aquí.

—¡Oh, sí, por supuesto!

Y, perezoso, se levantó, asió a Érika de un codo y le dijo a Juan:

—Lo siento. Siempre has sido un bocazas. Te has delatado tú solo.

15

El Mercedes azul rodaba hacia Puerto Banús. Tanto el conductor como su compañera iban silenciosos, pero Borja sabía que Érika necesitaba llorar.

—Hazlo —dijo en un momento determinado, aminorando la marcha—. Llora de una vez.

—Borja, tú sabías todo eso...

—Yo presumía que reaccionaría así.

—Y por eso...

—No. No sería yo si te hubiera contado lo ocurrido. Yo no te asocié a la amiguita de Juan cuando él me lo contó en el avión. Él presumía de haberse enamorado, pero ya entonces me advirtió que no dejaría a su familia. Que el asunto era serio, pero se quedaría oculto toda la vida mientras durara. Me pareció natural, dada la dimensión humana de algunos hombres, entre los cuales incluí a Juan. No hubiera deseado incluirlo, pero tuve que hacerlo. No me di cuenta durante algún tiempo de que tu problema era el que vivías con mi amigo. Mi antiguo compañero y todo lo demás.

Érika lloraba, con la cara oculta entre las manos. Borja no la consoló, sino que dijo únicamente:

—Cuanto más llores y más grites, mejor para ti. No hay mejor cosa para disipar toxinas y mala uva. De modo que con todo ello se te irá la pena y te consolarás a ti misma con el llanto que asume la cruda y descarnada verdad. Pero no temas. Dice el refrán, muy español, que todos tarde o temprano pegamos con el mismo mazo con que nos han golpeado a nosotros. Ojalá no ocurra, pero…

Érika no entendía nada de cuanto decía Borja, si bien sabía que estaba hablando solo y en sentido metafórico, como él solía hacer. Pero ella lloraba, y lloraba por dos cosas muy diferentes entre sí: por la odiosa mentira de Juan y por el valor de Borja enfrentando la realidad sin abrir él la boca para desenmascarar al que un día, por lo visto, había sido su amigo.

—Pero un día lo descubrí —añadió Borja, dejando a un lado sus metáforas, que él bien sabía que no eran metáforas propiamente dichas, sino presunciones o premoniciones que un día u otro estallarían—. Y no soporté que tú, mi amiga, fueras una amante vulgar de un tipo vulgar que preservaba su vida social y matrimonial y te tenía a ti para solaz de sus condenadas sexualidades… Nunca fui un carpetovetónico ni un tipo fuera de órbita. Por ello, o le hablaba claro a Juan, o le mataba, o te lo contaba a ti. Y dado el amor que yo sabía que sentías, nunca me hubieras creído o quizá me hubieras considerado un rival mentiroso. No me soportaba de ninguna de esas formas. Decidí, pues, hablar claro con Juan. Eso es todo. Por eso supe que no era verdad lo del accidente de su hijo. Y supe, asimismo, que dilataba la explicación ante ti en espera de que yo me largara a vivir a Londres y me olvidara del asunto. Pero no me olvidé. Ya ves que, una vez más, Juan se equivocó, o quizá se deba a que te estimo demasiado.

Érika no cesaba de llorar, pero tampoco Borja intentaba consolarla. Hablaba y hablaba, y ya no se callaba nada.

—No era yo el más indicado para decirte la verdad que tú no veías o te negabas a ver. Por esa razón, lo que hice fue lo que mi conciencia me dictaba. O muy poco conocía yo a Juan, o cuando te viera conmigo estallaría. Y estalló. No niego que yo esperaba eso: que él te dijera lo que yo me callaba. Pero hay algo que Juan no sabe aún y que yo presiento.

Paulatinamente, Érika dejó de llorar. Agradecía a Borja que no tomara en cuenta su llanto y la dejara llorar para desahogarse y que a la vez la consolara, en cierto modo, con sus palabras. Veía claro muchas cosas. La ocultación en que Juan tuvo sus relaciones. La forma en que la invitaba siempre a lugares donde estaba seguro de que nadie los reconocería. El regalo que intentó hacerle como si así pagara sus favores...

Todo venía a su mente como una avalancha destructiva. Y si Borja se propuso que las cosas sucedieran así, sin más, estaban sucediendo.

—No me gusta ser grosero, Érika. Me niego a serlo. Pero si entiendes bien nuestros términos, los de los españoles, te diré que Juan ha intentado ponerle a su mujer una gran cornamenta, pero en realidad quien la tiene de verdad es él.

Érika se tensó.

—¿Qué dices?

—Pues que pienses bien en tu futuro, porque será Diana y no Juan quien te dé la solución... Se divorciará de su marido. Juan, en el fondo, es un infeliz, un tipo que piensa que la vida no evolucionó y que por manejar mucho dinero puede mantener esposa y amante. Pero la mujer de Juan, en cambio, sí que vive en la realidad. La rica es ella. El padre adora a su hija. Él jamás aceptó a Juan, al menos en lo profundo de su ser, aunque se haya cansado de trabajar y lo haya dejado en su puesto... Pero si un día tiene que dar la razón a uno de los dos, la tenga o no la tenga su hija, se la dará a ella.

—Sigo sin comprender.

—Vamos a cenar a «Menchu». Comeremos un marisco fresco, tomaremos un vino fino que nos reanimará y después, si gustas, comentamos el asunto.

—Es que sigo sin comprender lo que sin duda me estás indicando.

—Estamos entrando en Puerto Banús. Deseo cenar tranquilo y verte a ti sosegada y que en ese sosiego decidas lo que vas a hacer con referencia a Juan.

—Nunca le perdonaré el engaño de que fui objeto. Yo le amaba.

—¿Le… amabas?

—Borja, es que un desengaño así rompe el sentimiento de cualquiera. Y yo lo siento roto en mí.

—Pero supone que Juan venga un día a decirte que su mujer le ha abandonado y que él te ama de verdad.

—Porque le dejó su mujer.

—¿Y bien?

—Aparca, Borja. Necesito comer, beber, olvidar y sentirme yo misma.

* * *

Borja no era amigo de hablar de cosas que los demás no tocaban. Y mientras cenaron a base de marisco, champán y caviar, procuró entretener a Érika con una conversación intrascendente, pero al tomar el café, aún de sobremesa, Érika dijo:

—Me gustaría volver a Madrid esta misma noche.

—¿Escapas, Eri?

—No; pero tengo todo el derecho del mundo a verme a mí misma a solas.

—Es cierto que lo tienes.

—Y a buscar un nuevo trabajo. No volveré jamás al despacho de los Menchado.

Borja encendió un cigarrillo y, como era habitual en él, se lo puso delicadamente a Érika en los labios.

—Fuma y sosiégate.

—Estoy muy sosegada.

—Bien te he advertido que un día, y pronto, tendrás a Juan libre. Pero no porque Juan se libere de su mujer, sino porque Diana se liberará de él.

—¿Por saber lo que hace su marido lejos del hogar?

—¡Oh, no, Érika! No me vuelvas a ser tan inocente. Diana no ama a Juan. Dejó de amarlo cuando empezó a salir con ese pelirrojo que, además de estar cargado de dinero, es un asiduo de Marbella Club y amigo del matrimonio, pero infinitamente más amigo de Diana que de Juan.

—Me estás indicando que…

—No, no. Yo nunca indico. Digo lo que pienso, y rara vez me equivoco. Vi a Diana, aún sin conocer quién era el que tú amabas, sola con un hombre, ese pelirrojo holandés, en situación amorosa, romántica, en un Vips de Madrid…

—¡Borja!

—No levante la voz, Érika. Sé prudente. Me gustó mucho tu reacción ante Juan, pero si fue falsa, pensaré que eres una farsante.

—Puedes pensar lo que gustes, Borja, pero a mi edad, un sentimiento no se arranca de una vez y para siempre.

—Entonces…

—No hay entonces. Hay después. Lo que ocurra en el futuro, pero nunca de nuevo con Juan, se quede solo o siga acompañado. Yo le amaba. Le amaba de verdad. No como una amante. Él pudo considerarme así, pero yo le consideraba a él para un futuro en común pleno. Ya sé muchísimas cosas. Y si Juan aparece ante mí divorciado porque le ha abandonado su mujer, no me veo aceptándole como si no hubiese ocurrido nada.

—Pues ocurrirá, o yo soy un payaso ante las actuaciones del género humano. Muchas veces, cuando muere un padre de familia dejando tantas cosas atrás, digo que es injusto. Y me rasgo las vestiduras de rabia, porque hay mil imbéciles por el mundo que debieran morir en lugar de otras personas que son necesarias, latentes en la vida y dedicadas a seres entrañables que adoran. Pero eso es otra demagogia más. Y digo demagogia porque lo que yo pienso sobre el particular no cambiará en nada el sentido de la vida. En cambio, pienso que quien a hierro mata, a hierro muere, y eso lo digo en el sentido de la supervivencia, de la realidad existente, de todos esos señores que viven engañando y lastiman de verdad. Que un día sean engañados a su vez, me parece lo mejor que puede ocurrir. El caso de Juan Beltrán es ése… ¿Entiendes? Él te engañó. Te llevó a su terreno. Nunca fue infeliz con su mujer. ¡Jamás! Pero quizá Diana lo fue con él, y Juan recibirá el pago que se merece. Mucho temo no equivocarme…

—¿Me estás diciendo que tendré libre a Juan para poder iniciar mi vida con él en régimen de esposa de un señor que está divorciado porque su mujer le obligó a divorciarse?

—Algo parecido.

—Y supones que yo, sumisa, correré a consolar a Juan.

—Que sería lo natural, ¿no te parece?

Érika se levantó.

—Borja, prefiero marcharme, recoger las cosas en el hotel y regresar al asadero que es Madrid, que si bien está inaguantable de calor, al menos está limpio de ponzoñas corrosivas.

Borja, como era habitual en él, no se inmutó. Pidió la cuenta, pagó una cantidad desorbitada por la cena y asiendo del codo a su pareja salió al exterior y subió al auto.

—¿De verdad te quieres ir esta misma noche?

—Sí.

—Será un viaje peligroso y duro…

—También podemos hacer noche en el camino.

—¿Es que no llevas reloj?

—Sí. Son las tres de la madrugada.

—Y aun así…

—Aun así.

—Pues de acuerdo.

A las cinco en punto de la mañana, Borja y Érika emprendían viaje a Madrid en el Mercedes azul de Borja, conducido por el flemático y sosegado joven, que no parecía alterarse por nada.

—Duerme, si gustas, Érika. Conduciré con toda la pericia del mundo.

—¿Te has fijado en que aún seguía la fiesta, Borja?

—Por sevillanas. Te diré, Érika, te diré, y yo no entro ni salgo en esos hábitos. Siempre fui algo anarquista, y lo voy a seguir siendo, por lo cual me tiene sin cuidado el sistema político que exista en el país. Pero hace pocos años, bailar por sevillanas era, casi una ordinariez, y hoy es la moda. ¿Te das cuenta? En el poder tenemos andaluces; y lógicamente la gente siente una desusada simpatía por ellos. Pero yo recuerdo, siendo estudiante, que los chaqueteros preferían la música clásica porque la dictadura la prefería, aunque maldito si la entendía. Eso es una payasada, como la de los que presumen de socialistas, y hace una década aún vestían camisa azul de falangistas...

—Yo tengo un problema humano de mayor envergadura que esas minucias, Borja.

—¡Oh, sí! Pero, si te detienes a analizar, todo va en función lo uno de lo otro. Duerme, descansa y disponte a recibir a Juan cuando se quede solo. Porque se quedará. Te diré lo que vi, y juzga tú. Diana se lanzaba por bulerías con el holandés, que, a decir verdad, parecía una marioneta intentando marcarse unas sevillanas. Pero eso no importa, el caso es levantar los brazos, sentir unas castañuelas y dar saltos. Te añadiré que Juan estaba solo, sentado ante una mesa, con un vaso delante y una botella de whisky...

—¿Qué te sucede, Borja? ¿Quieres enternecerme, impresionarme o convencerme?

—Nada de eso. Te digo lo que vi. Porque tú pasaste ante la sala rociera como si te persiguiera el mismo demonio, pero yo me detuve unos minutos y vi lo que estaba sucediendo.

—¿Qué son esas luces, Borja?

—Un parador.

—¿Y qué hora es?

—Las seis de la mañana.

—Pues aparca. Deseo descansar, dormir unas horas si puedo y continuar viaje después de un almuerzo reconfortante.

—Pues bueno.

—¿Nunca te alteras, nunca te asombras, nunca te inmutas?

Borja aparcó el auto ante el parador.

—La verdad es —dijo, descendiendo y dando la vuelta al vehículo para abrir la puerta y que ella bajara— que nunca me inmuté mucho. Pero ahora, a tu lado, empiezo a inmutarme. Y eso, si te digo la verdad, me asusta y me asombra.

—Pide alojamiento —entraron ambos, con sus maletines de mano, en el hall del hotel parador de turismo—. Hablaremos después.

Y ya estaban hablando, con no mucho asombro por parte de Borja…

16

Lo planteó Érika con toda la crudeza y la inocencia del mundo. Y es que Érika tenía tanto de inocente como de realista. Borja la escuchaba sin parpadear, y además seguro de que todo se haría como Érika estaba diciendo…, aunque en él estaba aceptar o rechazar, y, más que nada, soportar la firmeza de su voluntad. Y se decía que sí, que no es más fuerte el hombre voluntarioso que el débil sólo por dejarse llevar por los instintos.

Borja, como siempre y con su sosiego habitual, que sería cierto o no, eso sólo lo sabía él, había pedido dos alcobas, también comunicadas, como en el Marbella Club. Y allí estaban ambos ante una de las dos puertas y con sendos maletines en sus manos.

—Pasa —dijo Érika sin vacilación—. Hemos de hablar.

Borja no era adivino, pero sí que presentía que las cosas sucedían así, sin más. ¿Despecho de Érika? ¿Dignidad femenina herida? Borja prefería la indiferencia.

Pasó tras ella. Él mismo cerró la puerta y encendió dos luces esquinadas que producían una muy sosegada intimidad. Dejó su maletín en la entrada y miró a Érika, que posó el suyo en el soporte y abrió la puerta de comunicación.

—¿Por qué lo haces, Érika? —preguntó Borja—. Está amaneciendo, y no sé si tengo sueño. Pienso que prefiero dar un paseo.

—¿Sin hablar?

—¿Y qué cosa importante nos tenemos que decir, Érika? —se sentó en una butaca como si cayera pesadamente en ella, mientras Érika lo hacía en el borde del lecho—. Eri, estás muy herida, muy lastimada, muy golpeada, y lo sé, pero también sé que ya no ignoras nada. Yo estoy aquí contigo porque cuando Juan Beltrán me contó su lío amoroso sexual, maldito si le di importancia; eso ya te lo conté. Pero fue distinto cuando yo, sabiendo lo que tú sufrías por tu lío, me percaté de que era el mismo. Eso me sacó de quicio. Soy del parecer de que cada uno puede hacer con su cuerpo y sus sentimientos lo que le acomode, pero me indigna que se manipule al otro sin permiso de éste. ¿Queda claro? Además, tú eras mi amiga.

Ningún deber tenías, ni obligación, de contarme tu vida y tus penas. No sabías aún si yo era un aprovechado y podía muy bien invitarte a que cambiaras de pareja, y que lo que tú le dabas a un tipo casado me lo dieras a mí, que era soltero. Pero ése no es mi estilo. Por tanto consideré indispensable mi intervención. Que con esa intervención te conociera más y detestara a Juan Beltrán, es otra cosa. Quiero decir, y digo, que el hecho de haberte ayudado a desenmascarar a Juan no te obliga, ni mucho menos, a cambiar tus planes en cuanto a mí.

—Hablas muy bien cuando te apetece, Borja, y seguro que te apetece siempre. Yo estoy herida, es cierto. Muy herida. Yo no me veo enamorada de nuevo en mucho tiempo, o quizá nunca, pero yo sé que te gusto y deseo pagarte como prefiero. Y sabes cómo lo prefiero por cuanto has hecho por mí.

Borja, como siempre, no pareció inmutarse. Pero sí que levantó a mano y la agitó en el aire con cierta desgana, un gesto muy frecuente en él.

—Te diré una cosa que ignoras, Érika. Cuando a un hombre le gusta una mujer, y digo le gusta sin más añadidura, suele poseerla, si ella se presta. Es lo natural. Tú sabes poco de la vida. Un hombre pasado te ha seducido, te ha engañado, te hizo creer mil mentiras, y ahora te das cuenta de que todo ha sido una vil mentira y como yo te ayudé a desenmascararlo, te sientes en deuda conmigo y me lo quieres pagar de la única forma que una mujer guapa paga a un hombre que la desea. ¿No es eso?

—Resultas muy crudo en tus expresiones.

—Es que tú, en tus dádivas, también resultas cruda y cruel.

—¿Contigo?

—No, no —y Borja, sosegado, sacudió la cabeza—. Con los dos. Más que nadie, contigo. Pero yo sería un puerco Juan Beltrán si aprovechara ahora tu pena y tu despecho… —se levantó—. Érika —y la apuntaba con un dedo erecto—, eres una chica formidable. Una chica valerosa, dentro de tu debilidad femenina, que es mucha; ni tú misma la conoces. Pero yo no soy un oportunista; además me estoy preguntando si, aparte de que me gustas, no te amo también. Y ante esa duda, no sería capaz, honestamente, de poseerte con la incertidumbre de que tú, en mis brazos, pensarías en el hombre que has perdido y que ahora odias.

—Me rechazas —dijo Érika, desconcertada y humillada a la vez.

Por toda respuesta, Borja se acercó a ella. Estaba en mangas de camisa. Hundió una mano en el bolsillo, pero la otra la tenía libre; la levantó y la dejó caer suavemente sobre el lacio cabello rubio.

—Eri, eres una muchacha maravillosa. No te rechazo. Te admiro únicamente. Lo que yo deseo es que al acercarte a mí no te mueva ni el odio ni el despecho, sino una gran indiferencia hacia el hombre al cual has desenmascarado. ¿Entiendes la diferencia? Verás, si yo ahora me quedara en esta alcoba y te poseyera, sería tal cual un Juan Beltrán. Y si algo detesto es a los tipos como él. Espero que me comprendas. No soy un santo; en ocasiones tengo debilidad por las mujeres. Nunca desprecié una noche sexual, pero tú… tú eres diferente para mí. No sé aún si un precioso tesoro o un ser etéreo o una simple mujer hermosa, a quien me da miedo amar. Ahora date una ducha —su voz, además de persuasiva, era tierna—, acuéstate y duerme. Cuando despiertes continuaremos viaje a Madrid.

—Borja, debo pensar dos cosas: o eres demasiado noble o no te gusto nada.

—No te juzgues ni me juzgues. No merece la pena. Ni soy noble, ni te rechazo por aburrimiento. Si acaso, no te escucho por delicadeza. ¿Quieres que te diga más? Mañana me vería a mí mismo corrosivo, un puerco estúpido. Y me gusta verme como soy o quiero ser. Limpio y honesto… Hablaremos cuando hayas descansado.

Y sin más, se inclinó y la besó en la frente.

—Si te beso en los labios, me quedo. Y no quiero quedarme.

Dicho esto, se fue. Cerró con un golpe seco y se alejó hacia el hall con el fin de tomar una copa y no caer en la tremenda tentación que para él suponía aquella chiquita lastimada que tardaría sin duda en volver a ser ella misma.

* * *

—Gracias, Borja…

Él conducía. El sol calentaba, pero el aire acondicionado del auto producía un frescor delicioso.

—¿Por qué, Érika?

—Me hubiera odiado y también a ti, si anoche…

—Hoy, Érika. Hace apenas seis horas.

—Bueno, ya sabes a qué me refiero.

—Sí. Pero tú, tranquila. No creas que soy un santo, pero cuando un hombre estima de veras a una mujer, no le basta gozar solo, necesita la comunicación igualmente gozosa de su pareja.

—Eres tan particular…

El auto rodaba hacia Madrid. Faltaba ya menos para llegar. Érika aún no sabía qué haría en el futuro, si marcharse a su ciudad de provincias a vegetar o si quedarse en Madrid, empezar de nuevo y buscar empleo. Una cosa tenía clara: no deseaba ver jamás a Juan.

—Aún me faltan dos semanas para empezar a trabajar —dijo al rato de silencio y meditación—. Y en ese tiempo debo decidir mi futuro.

—¿Te ayudo?

—Te lo ruego.

—Quédate en Madrid, en mi oficina. Se necesita una persona como tú. Dentro de dos meses yo estaré instalado en Londres. Ya dispongo de casa. La multinacional para la cual hago los servicios aquí me paga vivienda, un sueldo espléndido y dedicación absoluta…

—Y cuando tú marches, ¿qué haré yo?

—Pues es bien fácil. Para entonces espero que Juan sea libre. Se me antoja que Diana le planteará el problema pronto… y tú podrás casarte con él.

—¿Y tú te vas a quedar tan tranquilo?

—Érika, Érika, ¿quieres que luche?

—No quiero que luches, sino que aceptes. Yo no sé si te amo, pero sí sé que a tu lado me siento segura, compenetrada contigo… No te conozco como hombre, y, si te digo la verdad, me gustaría conocerte.

—Érika, me estás tentando. ¿O es que pretendes agarrarte a algo para librarte de la tentación que ejerce sobre ti Juan, o ejercerá tan pronto se dé cuenta de que su mujer no le ama y se desea casar con otro?

—No he tenido relaciones más que con él —razonó Érika en voz baja y contenida y como si reflexionara en alta voz—. No puedo diferenciar, ni ahora mismo sabría tasar la dimensión humana y física de mi amor hasta que no tenga otra relación.

—Y me has elegido a mí para la prueba.

—Tú me has dicho muchas veces en pocos días que… te atraía. Has velado la palabra amor, pero yo quise entreverla… Si me dejas sola, no sé lo que haré. La desesperación es mala consejera, y por nada del mundo quisiera equivocarme. A fin de cuentas soy libre, y siento en mí, desde que me besaste, que deseo que lo vuelvas a hacer…

—Pero eso puede ser sólo una atracción física.

—¿Y bueno?

Borja lanzó sobre ella una mirada larga y comprensiva.

—Escucha, Érika, y perdona mi crudeza. No soporto ser comparado con nadie. No soporto ser aprobado. No soporto desear una cosa y que me sea arrebatada después cuando ya la considero mía. ¿De qué forma evitar todo eso? Pues usando la voluntad. Poseerte a ti sería algo tan diáfano y tan enfático que me produciría vacío al verte con otro. No soy celoso ni tengo un concepto concreto de muchas cosas, como puede ser el pasado de una mujer o su amor hacia otro. Pero contigo sé que me sentiría lastimado.

—O sea, que no quieres tener comunicación física conmigo por temor a que llegue un día Juan y me lleve con él.

—No lo soportaría.

—¿Y cómo podré saber yo si te deseo y te amo a ti o si sólo eres una sombra etérea en mi vida?

—Érika, Érika, me estás tentanto, y tu futuro puede muy bien verse tergiversado, y puede, a la vez, pesarte haberme tentado.

La voz de Érika era suave y, en el fondo, enérgica. Borja sólo pudo separar una mano del volante y asir los dedos femeninos de tal modo que ella exclamó agitada:

—Borja, me haces daño.

—Perdona.

Y soltó aquellos frágiles dedos para asir de nuevo el volante y agarrotar los suyos en él.

—Me quedan dos semanas de permiso, Érika. ¿Te apetece pasarlos en Londres? Podemos tomar el avión hoy mismo. En menos de dos horas estamos en la capital del Támesis.

—Estoy de acuerdo.

—Pues muy bien. Y si te apetece quedarte, allí tendrás donde trabajar.

—¿Y tú?

—Yo seguiré volando. Pero dentro de dos meses afincaré mi vida en Londres. Entonces sólo volveré a España cuando lo decidan mis superiores.

—Quiero ir contigo.

—¿Huyes?

—¿Y si te pidiera ayuda para huir? Soy humana, ¿no? Tengo miedo. Y no deseo en modo alguno estar disponible cuando Juan llegue a buscarme, si es que llega, como tú tienes previsto.

—No aceptaría que una mujer me tomara como recurso, Érika.

—Me parece —dijo ella, algo temblorosa— que tú jamás te dejarías atrapar como recurso. Y pienso, además, que cuando toques… no será posible olvidar que has tocado… No sé si me explico.

Borja apretó los labios y dijo quedamente:

—Nos iremos a Londres hoy mismo… Llevamos el equipaje en el auto. Lo dejaré en Barajas…

—Gracias, Borja…

El aludido volvió a retirar los dedos del volante y apretó los de Érika. Los apretó mucho, pero en esta ocasión ella apretó a su vez…

17

Fue esa misma noche. Law y Peggy se habían ido de viaje, el apartamento de su hermano estaba vacío. Había una nota sobre el tocador de la alcoba de la pareja que decía: «Borja, si se te ocurre venir, piensa que Peggy y yo estaremos ausentes dos semanas. Nos las hemos tomado de vacaciones. Estaremos en un parador en Colorado, esquiando en esas pistas donde la nieve es perenne. Tu apartamento está listo. Dice Peggy que, si no te gusta, cambies lo que te parezca. Ella lo hizo pensando en tu personalidad... Un abrazo».

—Vamos —dijo Borja, asiendo la mano de Érika—. Iremos a mi casa. Está muy cerca. No sé si me gustará. Peggy se encargó de decorarla.

Y ya estaban mirándolo todo en el apartamento que muy pronto sería el hogar de Borja.

—Es precioso —dijo Érika, yendo de un sitio a otro—. Muy alegre. Me encanta la decoración: funcional, clara…

Borja se acercó a ella por detrás y la sujetó contra su cuerpo.

—No quiero sentirme responsable de nada, Érika. Piénsalo.

Ella se giró en sus brazos.

—Si tú no me ayudas…, me sentiré perdida y sin saber qué hacer. Ya sé que no te agrada ser objeto de represiones ajenas, pero yo quiero sentirte cerca y al fin saber lo que realmente deseo…

—Y no te pesará… —dijo él sin preguntar.

—No lo sé. Todo depende de mil cosas que de momento me son desconocidas y que tal vez aprenda a tu lado.

—¿Sabes, Érika? El amor no se disipa por una posesión física; quisiera que eso lo tuvieras muy en cuenta.

—Pero sí se disipa con un desengaño y hallando la comprensión en otra persona. ¿Es que eso no puede ser?

—Lo veremos.

Y la dobló contra sí. Sin soltarla le buscó la boca y se recreó cuidadoso en un largo beso. Después no la soltó, la llevó asida por la cintura hasta su alcoba y con sumo cuidado le fue quitando el traje y mirándola sin parpadear.

Borja era poderoso. Érika se daba cuenta de que dentro de su personalidad y su realismo había el poder de un hombre sensitivo, un tipo sensible, un ser íntegramente emotivo.

Tenía miedo, sí. ¿Por qué no? A fin de cuentas, sus relaciones con Juan habían sido plenas, pero siempre rodeadas de una abismal diferencia. Y es que Juan carecía de sensibilidad, y a ella le sobraba. Junto a Borja, se diría que su hipersensibilidad crecía en grado insospechado. Borja no era el típico atropellador, el egoísta que buscaba el goce en exclusiva. Era el hombre hábil, cuidadoso, que prefería hacer feliz, a la par que él se agitaba en la misma felicidad.

Se podía decir que fue una noche elocuente, pero de igual modo que elocuente y reveladora, también silenciosa. Era evidente que Borja no necesitaba usar de sus palabras para dejar claro que estaba allí, perdido en ella, y que sus dedos de finas yemas se perdían cautelosos, acariciantes en el cabello lacio femenino, en su garganta, en su nuca, y que los labios masculinos besaban con la misma reverencia su boca que sus ojos.

Amanecía ya cuando Borja la sujetó contra sí y colocó la cabeza de Érika bajo su barbilla.

—Duerme —siseó.

—Borja…

—No…

—¿No quieres que te diga…?

—No… la vida, por sí sola, irá diciendo.

—Pero yo quiero decirte…

—Más tarde. Otro día… Cuando llegue el momento.

—Tú sabes que llegará.

—Sí…

Y su mirada se posaba divagante en cada rincón de la alcoba para ir a fijarse en los verdes y grandes ojos femeninos.

—Nunca…

—Érika, no me lo digas.

—Tú me amas, Borja. Y me parece que me amas mucho.

—Es posible, Érika, y te aseguro que el mayor sorprendido he sido yo.

—Y yo.

—¿Tú?

—Sí, sí…, sí… Algún día quizá lo comprenderás… Quiero volver contigo a España, trabajar contigo y después…

—Cuando llegue Juan…

—Sí, sí. Cuando llegue.

Pero fue antes de retornar ellos. Las revistas llegaban a Londres todas las semanas. Un día, Borja lo leyó.

Llevaban conviviendo apacible y apasionadamente muchos días. Nada recordaba el pasado.

Nada tenían que decirse en cuanto a él. Se podía asegurar que los dos, por igual o por separado, preferían marginarlo de sus mentes, porque nunca lo mencionaban.

Pero aquel día era preciso mencionarlo, ya que la revista se hallaba ante los dos. Acababa de llegar de España en el correo, con tantas otras y unida a la correspondencia que se recibía diariamente.

Lo vio primero Érika y elevó los ojos con presteza.

—Borja.

—Dime.

—¿Eres adivino?

—¿Por qué lo dices?

—Escucha esto; después te enseñaré las imágenes. «Noticia inesperada en Marbella procedente de la jet set. Diana Menchado ha solicitado el divorcio de su esposo Juan Beltrán y se casará, tan pronto sea libre, con Barry Wallace, hombre muy conocido en los círculos sociales españoles por dedicarse a la alta exportación... El señor Beltrán ha aceptado el divorcio. Todo parece llevarse de mutuo acuerdo. Diana y Barry Wallace han salido de viaje con los hijos del matrimonio Beltrán y se dice que Juan Beltrán ha regresado a Madrid. El señor Menchado, padre de la aún señora Beltrán, no ha pronunciado una sola palabra ni en favor ni en contra de la decisión de su única heredera...»

—Ajajá —sonrió Borja como si acabaran de decirle que estaba lloviendo, y es que, además, llovía—. Ya estalló la bomba, ¿no?

—Borja, ¿qué hago?

—¿Me lo preguntas a mí?

—Es que supongo que Juan me buscará…

—¿Y te vas a ocultar?

—Claro que no.

—Pues todo está en ti, Érika. Yo no te voy a retener. Pero sí quiero que sepas que no me debes nada, porque vivir el amor a tu lado ha sido lo más bello que ha existido en mi vida. No soy un sentimental ni un aferrado a las obligaciones o deseos de los otros. O siento a mi lado la libertad o prefiero no sentir nada.

—Yo te amo a ti, Borja. He aprendido a amar de verdad, a sentir el amor en toda su potencia, y eso se lo debo a nuestra convivencia. No tengo miedo a nada, pero deseo enfrentarme yo misma a lo que tú consideras peligro y que yo sé que no existe.

—¿Y qué vas a hacer para ello?

—Irme a España.

—¿Sola?

—Si tú me acompañas, mejor.

—Como gustes.

Érika se alteró un poco.

—¿Es que a ti nada te hace mella, Borja? Jamás pierdes los estribos; jamás gritas; jamás te alteras…

Borja sonrió beatífico.

—Eso sí que no, Érika. No digas semejante cosa. Si algo me perturba y me inquieta, eres tú… Además, lo sabes… —la atrajo hacia sí con una mano, y con la otra, muda y quedamente, le alisó el cabello—. Saldremos hoy mismo para Madrid, Érika. Veremos qué ocurre.

* * *

Lo que iba a ocurrir ya estaba ocurriendo.

Borja se hallaba tendido en el lecho de Érika fumando. Sabía que Juan Beltrán acudiría. Hubiera preferido no hallarse allí, pero Érika le pidió por todos los santos que no se marchara. Y allí estaba, si bien en su rostro se reflejaba por primera vez una desusada ansiedad.

Pensaba en sí mismo, en que siempre dio el aspecto de flemático, de indiferente, de pasar de todo. Y el caso es que, con referencia a Érika, no pasaba de nada, aunque sí tenía totalmente olvidado el pasado con Juan. Es más, no consideraba a Juan un rival peligroso, pero… sabía que para Érika había sido el primer hombre, y eso, lo sepa o no una mujer, marca demasiado.

Él no deseaba por nada del mundo perder a Érika. Era la primera mujer, en toda su vida, que había dicho algo a su existencia, a su cuerpo, a sus sentimientos e instintos. Una chica adorable que, además de hermosa, era pura y sincera.

Pero estaba allí, separado de ella por un tabique. Había oído el primer timbrazo de la puerta. Sabía que tras ella estaba Juan Beltrán reclamando sus derechos de fracasado marido…

Podía oírlo todo sin moverse del lecho donde estaba tendido. El apartamento era casi diminuto. Tanto él como Érika esperaban aquella visita, si bien para Érika era la visita del adiós total, aunque Borja tenía sus dudas.

Pero seguía allí.

—Érika… —oyó—, ¿has visto lo que me han hecho?

—Si te refieres a lo de tu mujer, sí, Juan, me he enterado.

—Llevo días llamando a esta puerta…

—Estuve de viaje. ¿No te sientas? —Borja oía la voz de Érika inmensamente apacible, sin odio, lo cual para él suponía una gran tranquilidad—. Siento lo que te ocurre, Juan. En realidad es penoso. No entiendo cómo no te has opuesto. Tienes dos hijos que defender, y permites que viajen con tu esposa y su futuro marido.

—Para mí sólo contabas tú, Érika. Debí ser más sincero. Debí entender que a Diana le importaba un rábano lo que yo hiciera.

—Pero ¿no te sientas? ¡Oh, no, acercarte no, Juan! Podemos hablar sin que te emociones… Y no intentes emocionarme a mí.

—Estás muy fría, Érika. Tú… no estás contenta, ¿verdad?

—¿Por tu divorcio? Ni lo estoy ni dejo de estarlo, Juan. Son cosas que suceden, pero que nadie puede remediar, salvo los propios interesados.

—Me estás hablando como si fuera un extraño, Érika. Es verdad que me comporté mal. Pero yo te quiero, y cuando Diana me pidió el divorcio, pillándome de sorpresa, pensé que era el momento más magnífico de mi vida. No abandonaba a mi mujer ni a mis hijos. En cambio, era ella quien me abandonaba a mí.

—Lo cual indica, Juan, que tu mujer estaba muy al tanto de tus relaciones conmigo.

Borja oyó una risita sibilante; ya sabía lo que esto significaba, porque él, con una clarividencia de hombre de vuelta de todo, con menos años que Juan, supo que aquello ocurriría y que Diana no miraba al tal Barry con indiferencia…

—Pero, Érika, ¿no comprendes? Diana nunca se enteró de mis relaciones contigo, así como tampoco yo me enteré de sus relaciones con Barry. Las cosas suceden así afortunadamente para que cada cual elija su propia pareja y viva la vida, que,

por muy larga que parezca, siempre es demasiado corta.

—¿Me estás diciendo que Diana se enamoró
de otro hombre sin enterarse de que tú parecías
amar a otra mujer…?

—Érika, ¿qué forma es esa de referirte a nuestro amor? Tu sabes que yo te amo; que esta situación no la he buscado yo. La provocó mi mujer. He firmado un documento en el cual queda
muy claro que yo recibiré una cantidad de millones muy considerable y la dirección de la sucur-
sal en Barcelona. Es decir, que me quedo sin esposa e hijos, pero me quedas tú, y una fortuna
considerable que recibo a cambio de mi espontá-
nea confirmación de que jamás me inmiscuiré en
la vida privada de mi ex mujer.

—Es un negocio redondo, Juan —dijo Érika
sin alterarse, asombrando al mismo Borja—. Pero no entiendo muy bien lo de tus hijos.

—¿Y por qué no? Les veré una vez al año.

—Por lo cual, el nuevo marido de tu mujer…
será el padre afectivo de los hijos que tú engen-
draste.

—¡Oye, que merece la pena! A cambio de esa
dádiva recibo un futuro seguro en dinero y en
empleo. ¿Qué me importa vivir contigo en Madrid o en Barcelona? El caso es que estaremos
juntos.

—Juan, yo siempre consideré que el amor de padre pesaba mucho… Lo raro es que tú hayas firmado todo eso a cambio de dinero.

—Un dinero que me permitirá vivir holgadamente contigo.

—¿Y sabe tu mujer que existe otra en tu vida?

Borja estaba pensando que mucho había aprendido de él, en cuanto a sangre fría, aquella chiquita fenomenal que era secretaria de dirección.

—Y si no te dieran ese montón de dinero, Juan, y te dejaran en la indigencia, que podrían dejarte, ¿qué sucedería?

—No lo sé. Pero yo me negaría a dar el divorcio a menos que me aseguraran el futuro.

—Y yo, ¿qué represento?

—Érika, ¿me quieres volver loco? Mira, yo he venido a vivir contigo. Pero ya, ¿entiendes? Hace demasiado tiempo que no te beso, que no te toco y…

—No te acerques, Juan.

—¿Qué dices?

—Eso, que no te acerques. Que tú me sigues queriendo o deseando, pero yo ni te quiero ni te deseo…

—Bueno, tú te has vuelto loca…

—Juan, si das un paso más…

—Pero ¿qué dices?, ¿qué dices? —y Borja oía los pesados pasos de Juan avanzar—. ¡Oh, no,

Érika! A mí, tú no me rechazas. A fin de cuentas, estamos solos; tu fuerza contra la mía no servirá de nada. Me amabas, y me seguirás amando, quieras o no. Yo no soy un payaso, de modo que ahora mismo…

18

Borja se tiró del lecho sin prisas. Se alisó maquinalmente el pantalón color beige de fina alpaca y caminó pausadamente hacia la puerta.

Lógicamente, apareció en el umbral y contempló, atónito, la escena.

Juan se abalanzaba ya hacia Érika. Ella se debatía en sus brazos. Él intentaba, sin lugar a dudas, violarla, poseerla o lo que fuese.

Borja no perdió los estribos. Reconocía que sólo los perdía junto a Érika para amarla. Y viéndola en aquella encrucijada, aún la amaba más. No era un fingimiento de Érika. En sus ojos y en sus manos se notaba la auténtica repulsa. Pero Juan parecía ciego, desbocado, perdida toda compostura.

—¡Oh, no! —gritó Juan, echando lumbre por los ojos—. Que me deje mi mujer lo tolero, pero que una tía como tú me niegue lo que deseo no lo soporto…

—Oye, Juan…, ¿no estarás siendo más payaso que nunca?

Aquella voz pausada, flemática, sosegada, detuvo a Juan en su intento.

Soltó el cuerpo frágil de Érika. Ésta retroce-
dió, y Juan se quedó tenso ante un Borja que fumaba, le miraba y sonreía de aquella forma que
él ya conocía muy bien.

—¿Tú?

—Pues sí, Juan. Y me pregunto qué hubiese
sucedido si yo no hubiese estado detrás de esa
puerta —hablaba recostándose negligente contra la pared; la misma Érika, que tan bien lo conocía ya, se admiraba de su sangre fría, sangre
fría que, evidentemente, Borja perdía junto a ella
cuando ambos se hundían en la más absoluta intimidad—. Me saca de quicio que un tipo que se
precia de honesto y señor intente violar a una
mujer que no está de acuerdo con él.

—Pero tú… ¿qué haces aquí? Esta mujer es mía.

—Ése es tu gran error, Juan. Nadie es de nadie. Todo ser tiene derecho a su propia individualidad, a su independencia; sólo ha de querer
aquello que él desee, no lo que le impongan los
demás. Yo no estoy aquí de redentor de nada, pero sí me gustaría que aceptaras honestamente la
situación que Érika te plantea. Sea negativa o
positiva. Hay quien pierde y hay quien gana; se

suele perder o ganar según se merezca. Me pregunto qué mereces tú, que has vendido a tus hijos por unos puercos millones y un puesto de marido desdeñado.

Juan se reportó. Se alisó maquinalmente el pantalón, y enderezó su chaqueta.

—Érika me ama. Tú eres el obstáculo que se interpone.

—Eso tendrá que decirlo ella, Juan. Nunca tú solo, asiendo a Érika cuando ella no desea ser asida.

—Tú eres un traidor. Lo fuiste desde el momento en que topé contigo en aquel maldito aeropuerto de Londres y te conté mi asunto amoroso con mi secretaria. Tú la has buscado para quitármela… Eres un mal amigo y un canalla encubierto.

Érika se fue arrimando a Borja y se pegó a su costado, pero Borja no parecía enterarse del calor femenino que se pegaba a su cuerpo; en cambio, sus negros ojos, apacibles, miraban a Juan como si no le vieran; pero evidentemente le veían.

—Me estoy acordando de una pasaje que resultó en cierto modo bochornoso para todos nosotros y que nunca volví a recordar… Verás, fue cuando un fin de semana nos fuimos los cuatro que compartíamos el piso a la sierra. ¿Lo has olvidado? Arturo pagó muy caro algo que, ahora lo comprendo, nunca hizo. Tú le desterraste. Yo te

estimaba. Me parecías un tipo fanfarrón, fantas-
magórico, pero noble en el fondo. Ahora entiendo
que siempre fuiste muy sucio.

Juan gritó, exasperado:

—¡Te estás ensañando para llevarte a Érika!

—¡Oh, no! Nunca. Érika, por sí sola, elegirá,
y como ya no me da la gana de callar, te recordaré
aquel fin de semana en el hotel de la sierra. Había
una chiquita menor subnormal. ¿La recuerdas?
Era bonita, pero la pobre no sabía por dónde an-
daba… Era, pese a toda su subnormalidad, el con-
suelo de sus padres, dueños del hotel…

—¡¡Cállate!!

—Ya no. Y es que acabo de entender cuál de
los cuatro fue el que entró en el cuarto de aquella chiquita. Pagó Arturo, y se desterró… No he
vuelto a saber de él, y a ti no te dolió el bochorno de tu amigo, porque, realmente, quien estuvo aquella noche en el cuarto de la subnormal
fuiste tú.

Juan se abalanzó sobre Borja, pero éste, que
estaba preparado, detuvo el golpe sólo con esti-
rar el brazo.

—Ya no más, Juan, ya no más. Realmente no
me di cuenta de nada hasta esta noche… Y tu actitud me dice a las claras que Arturo jamás fue
culpable de aquel bochorno. Fuiste tú…

—¡Maldito seas! ¡Mil veces maldito!

Érika se separó de Borja y con asco se acercó a la puerta. La abrió de par en par.

—Sal, Juan. Sal de esta casa. Y espero que te olvides de ella para siempre. De no aparecer Borja en mi vida, que incluso apareció antes que tú, yo me hubiese convertido en tu juguete subnormal...

Juan dudó un segundo. Luego se lanzó a la puerta como un huracán y desapareció.

Serenamente, Érika cerró y miró a Borja largamente.

—Si sabías todo eso, no entiendo por qué te lo has callado hasta ahora.

Borja la asió contra sí.

—Prefería que lo vieras por ti misma. Pero es que yo, hasta esta noche, no supe de lo que era capaz Juan... Ahora sí que lo sé.

Epílogo

Law y Peggy salían del juzgado asidos del brazo. Érika y Borja les miraban divertidos.

—Yo no pensaba casarme —decía Law, enojado—. Pero vuestra felicidad...

—Law —intervino Peggy—, ya nos hemos probado lo suficiente. Y tienen razón Érika y Borja, la convivencia nos demostró durante años que somos capaces de soportarnos. Si yo ahora de repente estoy embarazada, es lógico que legalicemos nuestra situación...

—Ésos son dos meticones...

Lo decía con cierto enojo, pero los que le oían sabían que Law, en el fondo, estaba satisfecho de emular a su hermano menor.

—Tío Law, tía Peggy... —gritaban dos críos de cuatro y cinco años—, dice mamá que vamos a tener un primo.

Law levantó a uno y después al otro y los miró tibiamente emocionado:

—Eso dice vuestra tía Peggy.

Y los besó.

—Dejad a los tíos —les rogó Érika—. Se marchan de viaje durante dos semanas. Papá tiene mucho que hacer. Vosotros habéis perdido un día de parvulario, y yo no estoy de acuerdo.

Borja se hizo cargo de un niño, Érika del otro, y la pareja recién casada se fue en un automóvil…

—Vamos, Eri —decía Borja, acomodando a sus hijos en el vehículo—. Tengo deseos de descansar un rato. Y tú tienes aspecto de cansada.

—¿Sólo de cansada, Borja?

—¿Algo más?

—Ya te lo diré en casa.

—No me insinúes que…

—Ya te contaré.

Y reía con aquella tibieza que Borja tanto conocía. Del mismo modo que Érika conocía que la supuesta indiferencia de Borja sólo era de boquilla. Porque Borja, en el fondo, y sobre todo con ella y sus dos hijos, era el hombre más emotivo y emocional del mundo.

Podía presumir con todos de flemático, de indiferente, de soportarlo todo sin inmutarse, pero ella…, ella lo conocía muy bien y sabía que, además de sensible y sentimental, Borja era un romántico empedernido, aunque le diera vergüenza confesarlo.

El automóvil rodaba hacia las afueras. Seis años casados habían consolidado una situación económica y profesional que les permitía vivir en un recinto acotado donde se ubicaban dos viviendas preciosas, estilo colonial. Una la ocupaban Law y Peggy, y otra ellos dos.

—Dímelo, Eri.

—Después.

—Es lo que pienso, ¿verdad?

—Pues… Mira, Borja, amor mío, cada vez que pienso que llevo seis años casada contigo y que nos casamos al día siguiente de perder de vista a Juan, me parece imposible. Yo siento en mí que hace como dos meses o dos días o tal vez sólo dos minutos… Fuimos un poco locos, ¿verdad, Borja?

—No fuimos nada locos, Érika. Fuimos muy cuerdos, y lo teníamos todo previsto, antes incluso de que Juan se quedara libre. ¿Sabes lo que ha sido de él?

—No tengo ni idea.

—Pues yo te lo diré, a cambio de que tú me digas… lo que no quieres decirme.

—Lo reservo para cuando estemos solos, Borja.

Y ya lo estaban. Los niños se quedaron jugando en el jardín con una nurse. Ellos los miraban desde el ventanal que desde su ancha y amplia alcoba dominaba todo el recinto con sus setos, sus senderos, sus jardines…

Borja tenía a Érika apresada contra sí, y ella apoyaba la cabeza en el hombro de su marido.

—Es lo que piensas, Borja. Voy a tener otro hijo, y lo deseo, ¿sabes? Lo deseo, pero a la vez me da pena que durante meses, cuando dé a luz, tenga que permanecer inactiva. Me gusta trabajar a tu lado en tu despacho, serte útil, pagar con mi esfuerzo, que en el fondo no lo es, todo lo feliz que tú me haces.

—Cariño…

—Borja, ¿estamos vivos o estamos soñando?

—Estamos vivos, y te palpo, te siento temblar. Es curioso, Érika. Cada vez que te toco, te beso, o te…, siento que tiemblo, y lo peregrino es que tú también.

—Todo parece como si fuera la primera vez, Borja. Pero tú, salvo aquí y a solas conmigo, jamás demuestras lo que sientes.

Le besaba ella. Le tomaba la boca, y Borja se desfiguraba, perdía su tesitura, su flema y se convertía en un hombre como los demás, emotivo y sensible, apasionado hasta desvanecer a su pareja.

—De modo —decía, sin soltar a Érika, que se arrebujaba en sus brazos— que vamos a tener el tercer hijo…

—Sí, sí.

—¿Y deseas saber qué fue de Juan?

—No demasiado.

—Pero eres curiosa, no me lo niegues.

—Si te digo que dejé de amarlo antes, mucho antes de que tú, ni él, ni yo nos percatáramos… Cuando fui contigo a Marbella, yo ya no amaba a Juan. Pensaba lo contrario, pero no le amaba. Me había llevado a su terreno, me había manipulado, pero no había calado, Borja. A ti, que tanto sabes de mujeres, no se te escapó eso.

Él se reía.

Y allí, en la intimidad, era él mismo, sin subterfugios ni añadiduras. Tal cual era, un anarquista que para amar a su mujer era un sensiblero.

—Pues sí, Érika. Sí. Eso lo sabe un hombre que ama a una mujer tan pronto la ve junto a otro que ella cree amar.

Érika se refugiaba en sus brazos, y Borja le decía quedamente:

—Gregorio Menchado se cansó de ser generoso, y un buen día… cuando ya su hija estaba casada con Barry y era inmensamente feliz, que además lo sigue siendo, despidió a su ex yerno. Le entregó una fortuna, y Juan se largó con la secretaria de turno, que por cierto ha regresado a Madrid sin el novio…

—¿Quieres decir que Juan…?

—Mira, Érika, el que abusa de una subnormal menor es capaz de asesinar a su madre. Y más aún si permite que se culpe a un inocente.

—¿Y qué se sabe de Arturo?

—La actitud de Juan lo desterró, pero habrá formado su vida en Argentina. Arturo era un tipo honesto, pero yo no lo entendí hasta ver a Juan ante ti… ¿Quieres saber algo más?

—No, no. Pero mira, mira al temerario de tu hijo mayor dispuesto a subir al árbol…

Los dos salieron corriendo, pero cuando llegaron al jardín, la nurse ya había regañado al pequeño Law, y éste jugaba con su hermano.

Érika y Borja retornaron a la preciosa placidez del enorme salón y se sentaron en el mismo sofá.

—Una cosa sí me intriga, Borja.

—¿Cuál?

—Tu forma de ser ecuánime, tu fortaleza moral, tu flema…

—No me digas eso…

—Es que una cosa es que la pierdas toda junto a mí, y otra que tengas fama de que nada te conmueve…

Borja la apretó mucho en sus brazos y se deslizó con ella en el sofá.

—Érika, yo soy así porque nací así, pero a tu lado sería una bestia si no me conmoviera. Y si me conmoviste cuando sólo era tu amigo, imagínate después, que fui tu esposo, el padre de tus hijos y tu amante más admirativo.

—Dices pocas veces cosas bellas, Borja, pero cuando las dices suenan a gloria.

—Es que nunca falseo, y cuando las digo son ciertas.

Así conocía ella a Borja, y así Borja la conocía a ella.

Érika lo comentaba muchas veces con su marido:

—Pienso que sin saberlo amaba; amé siempre al compañero de academia que pronunciaba un inglés defectuoso.

Borja reía. Reía mucho en su boca, y Érika se pegaba a él y le resultaba inefable perder sus labios en los hábiles labios de su marido…